➜聞一多（《20世紀中國文藝圖文志・新詩卷》，頁35，瀋陽出版社）
此照以仰角拍攝，遼闊高遠的天空正足以揭示詩人一生的性靈風骨與淑世襟懷。

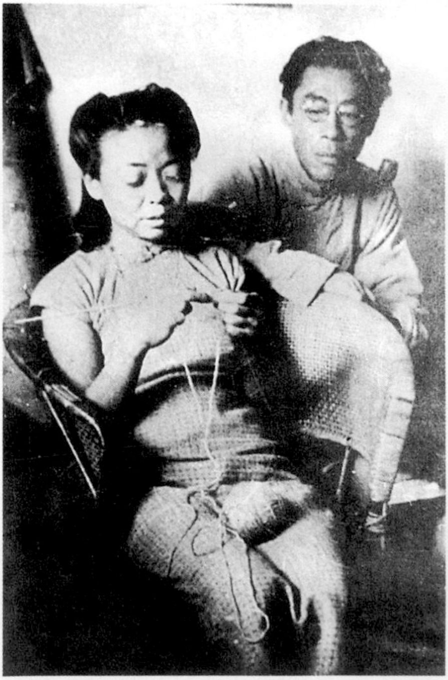

←聞一多與夫人高孝貞（《聞一多全集・年譜長編》，湖北人民出版社）
1922年，年僅二十四歲的聞一多奉家族之命迎娶了高孝貞女士為妻。聞一多對妻子未受過教育一事初期雖有憾恨，然夫妻歷戰亂顛沛仍相互扶持。詩人的詩中雖偶有對愛情追求和婚姻現實相背的矛盾痛苦，然從其堅守婚姻的態度，不難見出在聞一多熱情浪漫的詩人情懷裡，仍是以淑世之道義倫常之責為重為先的。

←在美國芝加哥美術學院（《聞一多全集・詩卷》，湖北人民出版社）

此照為聞一多留學生涯的起點，背後的芝加哥美術學院雖然培育的是聞一多的繪畫志趣，但聞一多在此展露的卻是他的詩情與詩心。

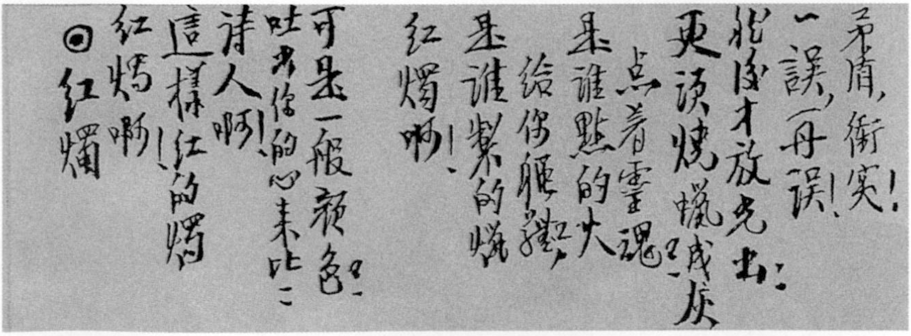

↑紅燭手跡（《聞一多全集・詩卷》，湖北人民出版社）

〈紅燭〉一詩為聞一多 1922 年赴美芝加哥美術學院求學時所作。從詩稿中以蠟自燃成灰來創造光明喻詩人之心，可以見出詩人靈魂裡豐沛的情感與崇高的理想。

聞一多

→死水手跡（《20 世紀中國文藝圖文志·新詩卷》，頁 35，瀋陽出版社）

〈死水〉一詩寫於 1926 年聞一多甫自美返國，時值「三一八慘案」，軍閥屠殺請願群眾。聞一多在此詩中強烈表達了他對惡劣政治環境的不滿與嘲諷。

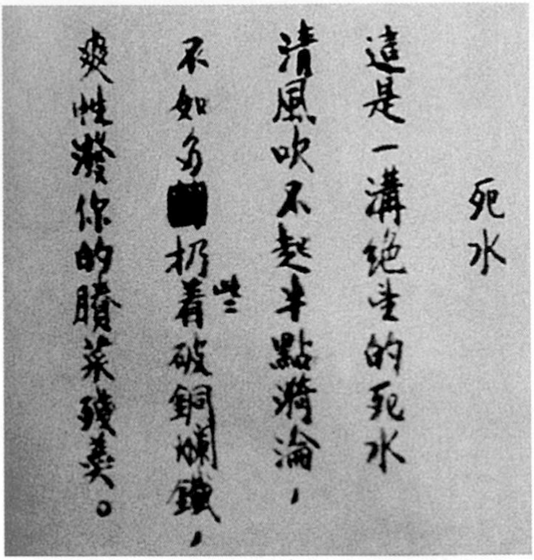

死水
這是一溝絕望的死水，
清風吹不起半點漪淪，
不如多扔些破銅爛鐵，
爽性潑你的賸菜殘羹。

↑全家在昆明家門前（《聞一多全集·詩卷》，湖北人民出版社）
1938 年中日戰爭期間，聞一多隨其任教的西南聯大遷居昆明，其妻偕子後至，此照為聞一多歷南北執教的生活輾轉後，難得的全家團聚合影。

➔遊石林（《聞一多全集・年譜長編》，湖北人民出版社）

1945 年聞一多遊石林，其傲然自得的神韻更顯滄桑鍛鑄後的內斂風華。

←一生中最後留影（《聞一多全集・附錄卷》，湖北人民出版社）

此照為聞一多最後的留影。由其背景推想當在昆明家前，國共內戰初始所攝。

叢書總論

范銘如

白話文學是中國追求現代性過程裡重要的媒介，也是最顯著的成果之一。隨著現代化需求的加速，中國的知識分子先從科學、技術、制度、機構等等洋務運動的推動，再到西方文明文化思潮的翻譯學習，乃至於對中國傳統進行全面性反思，一系列革命性的變革，自十九世紀中葉發軔，直到二十世紀上半部仍然方興未歇。中國現代化的歷程中觸動傳統思想與文化體系的革新機制，表現在文學層面上，最明顯的就是文學形式與內涵的劇烈變易。不論是語言文字（文言、白話、外來語），抑或者是文類（詩歌、散文、小說、戲劇）以及藝術技巧（寫實主義、浪漫主義、象徵主義）各方面，都開展出具有現代意義的優異成績。這一批歷經現代化狂潮的知識青年，憑仗手中滿溢著救亡圖存熱情的筆桿，寫下中西文化碰撞、新舊秩序轉型時關於國家民族走向的辯證權衡，各種社會現象的觀察針砭、文藝發展理念與實際操練的磨合問題。其中，置身紛亂動盪時代裡個人身分處境的摸索抉擇，甚至生命情感的壓抑抒發，更成為作品裡動人心弦的主題。

從清末至民國，白話文學以及其中寓含的革新、異議精神連綿不絕。現今我們慣以一九一九年的五四愛國運動同時作為現代白話文學的起點，乃是取其象徵性的時間意義。事實上，五四運動只是中國現代化進程裡一個承先啟後的顯著里程碑而已；新文化的醞釀萌發自有其細膩輾轉的過程，而白話文學的發展流變，當然也不是在二〇年代才透露端倪。有鑑於此，本套叢書不以五四之後的作家作品為限，還上溯至二十世紀以前即大力、長期呼籲文化文學革命的梁啓超。這樣的作法，希望一方面強調時代思想變革的漸進式歷程，一方面以梁啓超具備的傳統士大夫及新式知識分子的雙重典範，彰顯現代文學傳統裡新舊文化銜接合流的特質。

整體而言，選入《二十世紀文學名家大賞》的作家都是在現代文學創作上具有獨特貢獻，並且持續保有文學影響力的大家。他們的成就不僅早在文學史上獲得肯定，他們的作品也一再地被選入各種版本的教科書與文學讀本中。一談起新詩，我們總是再別不了徐志摩、聞一多以及戴望舒；一想到散文，腦海裡立刻浮現朱自清、夏丏尊、許地山和梁啓超的背影；提及小說，魯迅、郁達夫和蕭紅的吶喊猶在耳邊。透過文學，他們或者傳達個人對家國社稷的企盼與關懷，又或者抒發個人真摯的情感來表現中國人的現代精神。有的作家個性強烈率直，有人委婉節制；表現於文采上，典雅瑰麗或是質樸清華亦各擅勝場。這些作家作品各因其耀眼的特質，成為文學史上不可或缺的扉頁。

但是耳熟能詳不代表全面理解，有時反而會淪為想當然爾的片面化、刻板化閱讀習慣。此外，兩岸長期以來因為政治體制與文化體系的不同，對作家的評價或作品的評論產生極大的落差，政治立場雷同的大力吹捧甚至神格化，反之則將之醜化甚至從史料中除名，不然就是選擇性地介紹特定類型的作品。這樣的詮釋偏見隨著兩岸的開放交流、文史學者們不斷地辯論修正後已經獲得長足的改善。然而，學術層次上推展出來的看法落實到中學教育層面上的改變，原本就需要長時間的轉化。文學教改的時程卻在當前環境的挑戰下愈顯急迫。姑且不論傳播娛樂的多元刺激或功利導向的社會價值導致文學人口的快速流失，時代的推移不但使得歷史情境、文化脈絡越來越疏遠陌生，連當初所謂的現代白話語彙到今日都有些像文言文那樣的艱澀難懂。在這種種不利的因素下，青年學生即使有心學習也可能不得其門而入。

《二十世紀文學名家大賞》叢書的策劃就是希望能夠以更當代、更全面的選介評析引領年輕學子進入現代文學的殿堂。十位負責編選執筆的專家都是全國各大學中文系所裡的資深教授：洪淑苓教授（臺灣大學中文系）、張堂錡教授（政治大學中文系）、許琇禎教授（臺北市立教育大學語教系）、陳俊啟教授（東海大學中文系）、廖卓成教授（國立臺北教育大學語教系）、趙衛民教授（淡江大學中文系）、劉人鵬教授（清華大學中文系）、蔡振念教授（中山大學中文系）、賴芳伶教授（東華大學中文系）。不僅學養豐富，對於學生知識上的不足與誤解也有長期的觀察了解。本叢書除了對作家廣為傳誦的經典及創作特色再予以深入並系統化的賞析之外，還希望呈現作家更多的文學面向，在讚揚他們的藝術成就、人格道德或時代洞見之餘，也不諱言他們書寫、個性或思維上的局限。回歸到文學的、文化的、人性的、生活的層面，更可深刻地體會到他們如何在紊亂脫序的年代中搏鬥掙扎、矛盾挫折，對於他們的作品也才能夠給予較客觀的評論。

這套叢書以每位文學名家為單獨一冊。每一本作家專輯以其具有代表性的作品為主，每篇作品輔以注釋和賞析，前後則以綜論作家生平與文學風格的〈導讀〉一篇，以及條列式的作家大事〈年表〉。篇幅所致，選入的作品以短篇為主，中長篇則為節錄；另外根據每位作家的藝術表現，對於不同的文類也有不同的比重安排。此套文學大系的出版，三民書局龐大的編輯群們功不可沒。最必須感謝的還是在繁忙課務及研究中還特地抽空耐心編寫專卷的每一位學者。你們的熱忱，讓二十世紀的文學源流汩汩地導入新的世紀。

CONTENT

目次

「散・文・卷」

導讀

許琇禎

聞一多本名亦多，族名聞家驊，字益善，清光緒二十五年（西元一八九九年）出生於湖北省蘄水縣巴河鎮聞家鋪。其名出於《論語．季氏》所說：「益者三友，友直、友諒、友多聞」，民國元年入清華學校中等科時改名為單字「多」，民國八年五四運動後才改名為聞一多。

聞一多的求學與文學生涯大體上可區分為四個階段：第一階段是他六歲入家塾後從王梅甫習國學與西學的啟蒙時期，由於同時接觸傳統學術與新思潮，遂奠定了他日後不偏廢二者的學習態度。第二階段是指從一九一二年以至一九二一年的清華學校求學生涯，這個時期的聞一多不但繼續精進於幼時便已嶄露頭角的美術才華，還在自一九一七年的新文學運動的影響下，開始新詩的寫作，並積極參與戲劇的編寫和演出。聞一多在清華不但結交了潘光亶、梁思成、梁實秋等摯友，而且積極參與各種文學社團的發起和文學刊物的編輯工作，他曾於一九二一年發表的〈落伍的詩家〉一文中：「奉勸那些落伍的詩家，你們要鬧玩兒，便罷，若要真作詩，只有新詩這條道走，趕快醒來，急起直追，還不算晚呢。」明確地提出作詩需作新詩的主張，但這並不是說他揚棄一切文言的寫作。事實上，在當時把文言視為死文字且揚棄一切國學的激烈風潮下，聞一多始終不曾荒廢古典史籍的閱讀，其批判時事的散文寫作也還是使用文言。

一九二二年赴美攻讀藝術以至一九二九年中日戰爭初期，是聞一多新詩寫作、譯詩最豐富的階段。在美三年，他深刻體會了中國人所遭受的種族歧視，因此在評論郭沫若的詩集《女神》時，特別強調女神在反映求新的時代精神上的優點，但同時指出其缺乏地方色彩及過多英語語彙的缺失。聞一多說：「我個人同《女神》底作者底態度不同之處是在：我愛中國固因他是我的祖國，而尤因為他是有他那種可敬愛的文化的國家；《女神》之作者愛中國，只因他是他的祖國，因為是他的祖國，便有那種不能引他敬愛的文化，他還是愛他。」（一九二三年〈「女神」之地方色彩〉）這正足以說明聞一多立基於中國文化以求變的改革態度。自美返國後，聞一多與徐志摩攜手創辦了許多發表新詩寫作的刊物，如《晨報副刊・詩鐫》、《新月》等，他一方面在大學執教，一方面持續通過文學書寫和社團發起，蓬勃新文學的發展。

一九三〇年之後，隨著中日戰爭的爆發以及國內國共內戰的加劇，聞一多幾經吳淞政治大學、武漢大學、青島大學、清華大學的執教，於一九三七年隨西南聯大南徙長沙。在戰亂流轉的過程裡，聞一多配合自己教授的課程而投身於國學的研究，尤其對於《詩經》、《楚辭》、唐詩的校讎注釋更是不遺餘力。其著名的由《楚辭》而引申出的神話相關研究，都是這個時期的成果。但是，在這少有新詩創作的聞一多晚年生涯，卻是其愛國行動最為熾烈的階段。他雖然曾在北伐時至武漢加入北伐軍並擔任藝術工作，但他當時對政治改革的期望，卻遠不及此時在從事教育工作後，因政治氣氛的嚴峻而被激化出的熱誠和理念。一九四四年加入具有左翼色彩的「中國民主同盟」，遂使他於一九四五年成為當政者暗殺的對象並因此身亡。享年四十七歲。

朱自清於〈新詩的進步〉及《新文學大系・新詩導論》中都將徐志摩、聞一多視為格律詩派的代表。可見聞一多的文學成就主要在於新詩的理論與創作上。在新詩理論方面，著眼於詩的四個要素的提出及詩歌格律的探討。他首先於一九二二年〈答吳景超書〉中指出：

我以前說詩有四大原素：幻象、感情、音節、繪藻。隨園老人所謂「言動其心」是情感，「其色奪目」是繪藻，「其味適口」是幻象，「其音悅耳」是音節。味是神味，是神韻，不是個性之浸透。何以神味是幻象呢？就神字的字面上就可以探得出，不過更有較有系統的分析。幻象分所動的和能動的兩種。能動的幻象是明確的經過了再現、分析、綜合三種階級而成的有意識的作用。所動的幻象是經過上述幾種階級不明了的意識的作用，中國的藝術多屬此類。畫家底「當其下手風雨快，筆所未到氣已吞」，即所謂興到神來隨意揮灑者，便是成於這種幻象。這種現象，比能動雖不秩序不整齊不完全，但因有一種感興，這中間自具一種妙趣，不可言狀。其特徵即在荒唐無稽，遠於真實之中，自有不可捉摸之神韻，浪漫派的藝術便屬此類。

又於同年所撰寫的〈「冬夜」評論〉一文裡說：

詩底真精神其實不在音節上。音節究屬外在的質素，外在的質素是具質成形的，所以有分析，比量底餘地。偏是可以分析比量的東西，是最不值得分析比量的。幻想，情感——詩底其餘的兩個更重要的質素——最有分析比量底價值的兩部分，倒不容分析比量了。因為他們是不可思議，同佛法一般的。

這兩段話揭示了聞一多對詩歌要素的幾種看法：其一，他把詩歌的主要精神和價值放在幻象的營造與情感的真摯上，因此，作為詩歌外在質素的音節和藻繪，就必須符合詩歌在幻象和情感的要求來加以分析裁量。其次，聞一多刻意不將四要素以內容和形式來指稱，顯然注意到幻象的營造既是一種與形式有關的聯想活動，卻又超越具象形式的神韻特徵。其三，他將幻象置於詩的要素的首位，足以見出他對詩歌意象及由此而產生的神味之重視與強調。

事實上，聞一多在一九二八年發表的〈關於作詩〉裡曾經對於「幻象」的重要性作了一番說明，他認為：

韻腳不易安好，乃因少讀少作爾。詞不達意，乃因少讀書的緣故。標點不成問題，有的作家甚至廢棄標點，故不必為此操心。太明顯，卻乎是大毛病。根本原因是態度太主觀。……你要引起讀者的同情，必須注意文學的普遍性，然後讀者便覺得那種經驗在他自身裡也有發生的可能。……我自己作詩，往往不成於初得某種感觸之時，而成於感觸已過，歷時數日，甚或數月之後，到這時瑣碎的枝節往往已經遺忘了，記得的只是最根本最主要的情緒的輪廓。然後再用想像來裝成那模糊影響的輪廓，表現在文字上，其結果往往失之於空疏，然而刻露的毛病絕不會有了。空疏的作品讀者看了不發生印象，刻露的作品，往往教讀者發生壞印象。所以與其刻露，不如空疏。

詩歌的音節安排得不好，或語詞的選用不切合都只是知識和經驗的問題，但是詩歌最大的缺陷便是詩意過於顯露，而造成顯露的原因就是太過主觀。從聞一多對自己寫詩經驗的描述裡，他顯然注意到審美距離與文學想像之間的關係，太主觀意味著太切身，無法以冷靜的態度重新審視自己的感受，這就會使事物成為好惡的直接對象，自然無法通過對幻象的營造去喚起與讀者的共同情感。雖然由於幻象與實境即感的距離太遠而難免有流於空疏或令人不知所云的缺點，但這種隱晦仍然比刻意或顯露詩意的詩要來的更符合詩歌的要求。

聞一多雖然極為注重詩歌的幻象與情感，然而由於此二者是無法分析比量的，因此他的理論大多仍著眼在與詩歌格律相關的問題上。他於一九二五年發表的〈詩的格律〉一文中，便從兩方面來談詩的格律問題。首先，是針對自然音律與人為音律的關係。他說：

自然界的格律不圓滿的時候多，所以必須藝術來補充它。……自然界當然不是絕對沒有美的。自然界裡面也可以發現出美來，不過那是偶然的事。偶然在語言裡發現一點類似詩的節奏，便說言語就是詩，便要打破詩的音節，要它變得和言語一樣——這真是詩的自殺政策了。

由於新文學運動為了破除「白話不能寫詩」這種來自古典派的攻擊，胡適等人倡議完全廢除詩歌的所有格律及字數限制，以自由詩體的型態來和古代的近體詩作區隔。因此在當時便招致了詩不過是分行散文的譏評。聞一多為了給白話詩找到一個可以打破近體詩格律限制又不致於失去詩歌韻律的出路，故而先指出僅以語言的自然音韻作為詩歌的韻律顯然是不足的，他認為詩歌作為一種以「節奏激發情感」的文體，必須以藝術的手段去彌補自然音律的欠缺，因此詩歌的語言就必須在格律的考量下作揀擇，不能只是把一般的說話照錄在詩裡。

其次，既然新詩的格律是依據詩歌的幻象和情感而來的，因此就不能如絕句律詩般，削足適履地被匡限在一定的韻腳和平仄之中，所以聞一多進一步提出了可以相體裁衣的新詩格律。他說：

從表面上看來，格律可以從兩方面講：㈠屬於視覺方面的，㈡屬於聽覺方面的。這兩類其實不當分開來講，因為它們是息息相關的。譬如屬於視覺方面的格律有節的勻稱，有句的均齊。屬於聽覺方面的有格式，有音尺，有平仄，有韻腳。但是沒有格式，也就沒有節的勻稱；沒有音尺，也就沒有句的均齊。……這一來，我們才覺悟了詩的實力不獨包括音樂的美（音節），繪畫的美（詞藻），並且還有建築的美（節的勻稱和句的均齊）。

由於聞一多對於格律的認知包含了視覺與聽覺部分，因此他對詩歌的節奏要求就不但不會被局限在如近體詩那般嚴格固定的句式、平仄、韻腳之中，而且能以音尺的靈活運用，去變化和加強詩歌的節奏，並借鏡英國的商籟體（Sonet）來豐富詩歌的句式與韻腳關係。

由於商籟體即「十四行詩」，原是意、法交界的普羅旺斯地區一種民間為歌唱而作的抒情詩體，為了要能入樂、歌唱，所以對行數、音步、韻腳多有規範，聞一多主要汲取十四行詩體的行數限制來作為新詩節奏的一種表現方式。他在〈談商籟體〉一文中特別指出：最嚴格的商籟體應以前八行為一段，後六行為一段；八行中又以每四行為一小段，六行中或以每三行為一小段，或以前四行為一小段，末二行為一小段。因此，十四行詩的分段就有兩組方式，即：四四三三，或四四四二。我們就以聞一多的詩〈夜歌〉的前兩段為例，說明新詩格律在音尺、句式、韻腳上的特點：

癩蝦蟆／抽了／一個寒噤
黃土堆裡／鑽出個／婦人
婦人身旁／找不出／陰影
月色卻是／如此的／分明

黃土堆裡／鑽出個／婦人

黃土堆上／並沒有／裂痕
也不曾／驚動／一條蚯蚓
或崩斷／蛸蠨／一根網繩

兩段中各句都是由三字尺、二字尺、和四字尺這三種音尺組合而成，雖然音尺在句中的位置不同，卻因此營造了節奏的不同變化。且各句的句式均齊，雖沒有固定的押韻，但韻腳卻是以 AABB、AABB 商籟體的一種押韻方式重複出現，這就擴大了用韻的方式，自然也能達到強化節奏的效果。

對詩歌幻象和格律的強調，既是聞一多詩歌理論的重點，也同時表現在他的詩歌創作中。聞一多的新詩在題材上大致涵蓋了三種傾向：其一是反映社會生活、愛國懷鄉之作。如〈天安門〉、〈飛毛腿〉、〈我是中國人〉、〈愛國的心〉等，大多作於留學美國以至返鄉之後。其次是關於愛情與藝術的詩篇，如〈詩人〉、〈詩債〉、〈紅豆〉等，大多作於清華時期與留美時期。其三，則是關於人生哲理的詩歌，如〈死〉、〈睡者〉、〈火柴〉等。這部分的詩歌較常藉由看似無關的季節或景物，來思考生命的本質和真相。尤其值得注意的，是聞一多在這類詩篇中慣常以死亡來映照生命與生活。死亡對於詩人而言並不是一切的結束與無窮的黑暗，而是一種激發生命追求的動能、是庸俗無感生活的警鐘，通過死亡的形象，聞一多展現了他那富於熱情和理想的性格，卻少有像徐志摩以吶喊的方式、熱切的語詞直抒胸臆，而是在均齊句式與詩歌節奏的韻致裡，以隱微的筆觸和各種幻象、氣氛的營造來批判並揭示生存的真義與價值。誠如徐志摩在《猛虎集·自序》所說：

一多不僅是詩人，他也是最有興味探討詩的理論和藝術的一個人。我想這五六年來我們幾個寫詩的朋友，多少都受到《死水》的作者的影響。我的筆本來是最不受羈勒的一匹野馬，看到了一多嚴謹的作品我方才憬悟到我的野性。

聞一多的詩歌成就，即在於能將狂放的想像與熱情融洽於嚴謹的藝術格律之中。他雖然身處中國最動亂黑暗的時代，卻能以不絕的熱愛和理想為中國文學的發展獻身。即使天不假年，但是他從文化出發銜接新舊詩體的詩歌理論，以及豐富出色的新詩作品，對於中國的新文學而言都是極具歷史與藝術價值的。最後，我們就引蘇雪林於一九三四年〈論聞一多的詩〉中的評論作結。她說：

徐志摩與聞一多為《詩刊》派的一雙柱石。徐名高於聞，但實際上徐受聞的影響不小。……徐天才較高，氣魄較大，而疵病亦較多，如長江大河挾泥沙而併下，聞則如逼陽之城，雖小而堅不可破。他們都是好朋友，作品之進步得於切磋者至大，我們若戲謂徐為韓愈，聞便是孟郊了。

聞一多與徐志摩這兩顆匆匆劃過天際的流星，卻為中國現代詩壇留下了耀眼的光芒。

聞一多

【新・詩・卷】

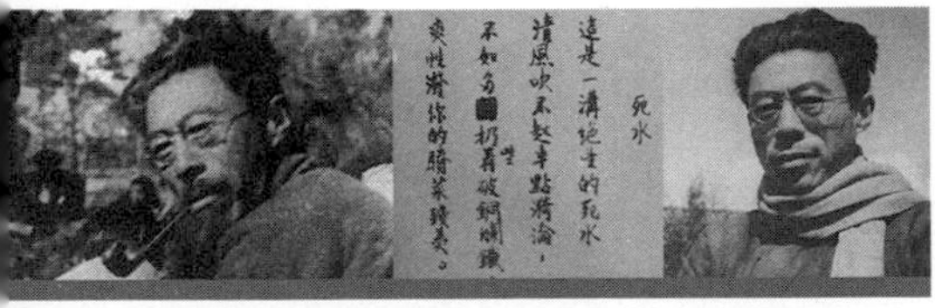
死水
這是一溝絕望的死水
清風吹不起半點漪淪。
不如多扔些破銅爛鐵
爽性潑你的剩菜殘羹。

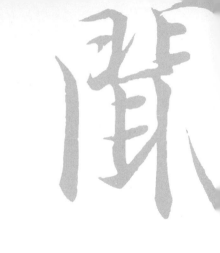

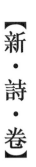

劍匣

I built my soul a lordly pleasure-house,
　　Wherein at ease for aye to dwell.

　　……………………………

And 'while the world runs round and round', I
　　said, 'Reign thou apart, a quiet king,
Still as, while saturn whirls, his steadfast shade
　　Sleeps on his luminous ring'.
To which my soul made answer readily:
　　'Trust me in bliss I shall abide
In this great mansion, that is built for me,

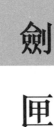

So royal-rich and wide'.

—— Tennyson[1]

在生命的大激戰中，
我曾是一名蓋世的驍將。
我走到四面楚歌底末路時，
並不同項羽那般頑固，
定要投身於命運底羅網。
但我有這絕島作了堡壘，
可以永遠駐紮我的退敗的心兵。
在這裡我將養好了我的戰創，
在這裡我將忘卻了我的仇敵。
在這裡我將作個無名的農夫，
但我將讓閒惰底蕪蔓
蠶食了我的生命之田。

也許因為我這肥淚底無心的灌溉，
一旦蕪蔓還要開出花來呢？
那我就鎮日徜徉在田塍❷上，
飽喝著他們的明豔的色彩。

我也可以作個海上的海夫：
我將撒開我的幻想之網。
在寥闊的海洋裡；
在放網收網之間，
我可以坐在沙岸上做我的夢，
從日出夢到黃昏……
假若撒起網來，不是一些魚蝦，
只有海樹珊瑚同含胎的老蚌，
那我卻也喜出望外呢。

有時我也可佩佩我的舊劍，
踱進山去作個樵夫。
但群松舞著葱翠的干戚❸，
雍容地唱著歌兒時，
我又不覺得心悸了。
我立刻套上我的寶劍，
在空山裡徘徊了一天。
有時看見些奇怪的彩石，
我便拾起來，帶了回去；
這便算我這一日底成績了。

但這不是全無意識的。
現在我得著這些材料，
我真得其所了；
我可以開始我的工匠生活了，

開始修葺那久要修葺的劍匣。

我將攤開所有的珍寶，
陳列在我面前，
一樣樣的雕著，鏤著，
磨著，重磨著……
然後將他們都鑲在劍匣上，——
用我的每齣的夢作藍本，
鑲成各種光怪陸離的圖畫。

我將描出白面美髯的太乙
臥在粉紅色的荷花瓣裡，
在象牙雕成的白雲裡飄著。
我將用墨玉同金絲
製出一只雷紋鑲嵌的香爐；

那爐上炷著裊裊的篆煙，
許只可用半透明的貓兒眼刻著。
煙痕半消未滅之處，
隱約地又升起了一個玉人，
彷彿是肉袒的維納斯❹呢……
這塊玫瑰玉正合伊那膚色了。

晨雞驚聳地叫著，
我在蛋白的曙光裡工作，
夜晚人們都睡去，我還作著工——
燭光抹在我的直陡的額上，
好像紫銅色的晚霞
映在精赤的懸崖上一樣。

我又將用瑪瑙雕成一尊梵像，

三首六臂的梵像，
騎在魚子石的象背上。
珊瑚作他口裡含著的火，
銀線辮成他腰間纏著的蟒蛇，
他頭上的圓光是塊琥珀的圓璧。

我又將鑲出一個瞎人
在竹筏上彈著單弦的古瑟。
（這可要鑲得和王叔遠底
桃核雕成的〈赤壁賦〉一般精細。）
然後讓翡翠，藍瑠玉，紫石瑛，
錯雜地砌成一片驚濤駭浪；
再用碎礫的螺鈿點綴著，
那便是濤頭閃目的沫花了。
上面再籠著一張烏金的穹窿❺，

只有一顆寶鑽的星兒照著。

春草綠了，綠上了我的門階，
我同春一塊兒工作著；
蟋蟀在我床下唱著秋歌，
我也唱著歌兒作我的活。

我一壁工作著，一壁唱著歌：
我的歌裡的律呂
都從手指尖頭流出來，
我又將他製成層疊的花邊：
有盤龍，對鳳，天馬，辟邪底花邊，
有芝草，玉蓮，卐字，雙勝底花邊，
又有各色的漢紋邊
套在最外的一層邊外。

若果邊上還缺些角花，
把蝴蝶嵌進去應當恰好。
玳瑁刻作梁山伯，
璧璽刻作祝英台，
碧玉，蘇瑛，白瑪瑙，藍琉璃，……
拼成各種彩色的鳳蝶。
於是我的大功便告成了！

哦，我的大功告成了！
你不要輕看了我這些工作！
這些不倫不類的花樣，
你該知道不是我的手筆，
這都是夢底原稿底影本。
這些不倫不類的色彩，
也不是我的意匠底產品，

是我那蕪蔓底花兒開出來的。
你不要輕看了我這些工作喲！

哦，我的大功告成了！
我將抽出我的寶劍來——
我的百煉成鋼的寶劍，
吻著他，吻著他……
吻去他的鏽，吻去他的傷疤；
用熱淚洗著他，洗著他……
洗淨他上面的血痕，
洗淨他罪孽底遺跡；
又在龍涎香上薰著他，
薰去了他一切腥膻的記憶。
然後輕輕把他送進這匣裡，
唱著溫柔的歌兒，

催他快在這藝術之宮中酣睡。

哦，哦，我的大功告成了！
我的大功終於告成了！
人們的匣是為保護劍底鋒鋩，
我的匣是要藏他睡覺的。
哦，我的劍匣修成了，
我的劍有了永久的歸宿了！

哦，我的劍要歸寢了！
我不要學輕佻的李將軍❻，
拿他的兵器去射老虎，
其實只射著一塊僵冷的頑石。
哦，我的劍要歸寢了！
我也不要學迂腐的李翰林❼，

拿他的兵器去割流水，
一壁割著，一壁水又流著。
哦，我的兵器只要韜藏❽，
我的兵器只要酣睡。
我的兵器不要斬芟奸横，
我知道奸横是僵冷的頑石一堆；
我的兵器也不要割著愁苦，
我知道愁苦是割不斷的流水。

哦，我的大功告成了！
讓我的寶劍歸寢了！
我豈似滑頭的漢高祖，
拿寶劍斫死了一條白蛇，
因此造一個謠言，
就騙到了一個天下？

哦！天下，我早已得著了啊！
我早坐在藝術底鳳闕裡，
像大舜皇帝，垂裳而治著
我的波希米亞❾的世界了啊！
哦！讓我的寶劍歸寢罷！
我又豈似無聊的楚霸王，
拿寶劍斫掉多少的人頭，
一夜夢回聽著怳惚的歌聲，
忽又擁著愛姬，撫著名馬，
提起原劍來刎了自己的頸？

哦！但我又不妨學了楚霸王，
用自己的寶劍自殺了自己。
不過果然我要自殺，
定不用這寶劍底鋒鋩。

我但願展玩著這劍匣——
展玩著我這自製的劍匣，
我便昏死在他的光彩裡！

哦，我的大功告成了！
我將讓寶劍在匣裡睡著覺，
我將摩撫著這劍匣，
我將寵媚著這劍匣——
看著纏著神蟒的梵像，
我將巍巍地抖顫了，
看看筏上鼓瑟的瞎人，
我將號咷地哭泣了；
看看睡在荷瓣裡的太乙，
飄在篆煙上的玉人，
我又將迷迷地嫣笑了呢！

哦，我的大功告成了！
我將讓寶劍在匣裡睡著。
我將看著他那光怪的圖畫，
重溫我的成形的夢幻，
我將看著他那異彩的花邊，
再唱著我的結晶的音樂。

啊！我將看著，看著，看著，
看到劍匣戰動了，
模糊了，更模糊了，
一個煙霧彌漫的虛空了，……

哦！我看到肺臟忘了呼吸，
血液忘了流駛，
看到眼睛忘了看了。

哦！我自殺了！
我用自製的劍匣自殺了！
哦哦！我的大功告成了！

注釋

❶此詩出自英國詩人丁尼生(Alfred Tennyson, 1809–1892)的〈藝術的宮殿〉。綠原對此段引詩的譯文是：

我為我的靈魂築起一座巍峨的別館，
好讓它在裡面悠遊歲月直到永遠。
……
而「當世界兜著圈子奔忙時，」我說，
「你在一旁臨御著，像一位無為的國王，
寧靜有如土星旋轉之際，它穩定的陰影
停落在它燦爛的光環之上。」

於是我的靈魂立即做出答覆：

「哦，讓我享此天福，我將安居

在如此富麗而寬廣的

這座為我而築的華屋。」

❷田塍　田中土埂。塍，音ㄔㄥˊ。

❸干戚　本指兵器，此處形容枝葉舞動的姿態。

❹維納斯　希臘神話中愛與美的女神。

❺穹窿　天空。

❻李將軍　指漢朝將軍李廣。《史記・李將軍列傳》言李廣善射，一日出獵，誤以石為虎而射之，箭竟穿石。此處詩人藉李廣之善射喻其功勳，寫詩人不再將自己投身於成敗功過的爭逐之中。

❼李翰林　指唐代詩仙李白。李白〈宣州謝朓樓餞別校書叔雲〉詩：

棄我去者昨日之日不可留，亂我心者今日之日多煩憂。

長風萬里送秋雁，對此可以酣高樓。

蓬萊文章建安骨，中間小謝又清發。

俱懷逸興壯思飛，欲上青天攬明月。

抽刀斷水水更流，舉杯銷愁愁更愁。

人生在世不稱意，明朝散髮弄扁舟。

聞一多藉李白詩中「抽刀斷水水更流」的形象和內涵，指出自己不再為現實愁苦，不再把文學藝術當作逃避或解除現實挫折的方式，而是將藝術作為人生唯一的目的、唯一的居所。

❽韜藏　隱藏。

❾波希米亞　義大利著名劇作家普契尼寫的歌劇〈波希米亞人〉，描述十九世紀法國波希米亞區一群藝術家的藝術生活。此處即指藝術生活。

賞析

這首詩收錄於一九二三年九月出版的詩集《紅燭》中。

詩人首先引用了英國詩人丁尼生〈藝術的宮殿〉一詩的片段，作為全詩的總題。丁尼生的這首詩，指出了靈魂可以永遠悠遊自在的歸屬之處，就是離開不斷循環奔忙的世界，以旁觀的寧靜端視生活裡無止盡的追求。唯有見到了生活所爭逐的各種光環終究要臣服於陰影之下，那麼靈魂才能不必為此折磨痛悔。換句話說，靈魂真正華美的居所，只有超越了無止盡的得失追求才能獲得。

通過丁尼生的詩，聞一多把那個「兜著圈子奔忙的世界」對應為「生命的戰場」。詩起筆便說自己是一個在生命戰場中，曾經有無數斬獲的蓋世勇將，但是，再怎麼偉大的英雄，也總有走到末路的一天。當這無法再與人爭奪激戰的一刻來臨時，詩人並不同於項羽以現實的成敗評斷自己的生命，轉而據守一個在現實之外的堡壘，一個可以讓自己這顆從生命戰場退敗的心安住的地方。

這個堡壘指的就是藝術的生命，在這裡，他可以修復長年在現實生活中征戰而損壞的劍，也可以在此安然地忘了他的仇敵，並讓閒情占領生命的田，用無目的的心血灌溉生命，使生命開出明豔的花朵。也可以在此當一個漁夫，用幻想捕捉自己的夢，或者配著舊劍成為樵夫從容地悠遊群山，撿拾美麗的彩石。於是，當他有了這堡壘給他的閒情、夢與自然後，他修補劍匣的材料便齊備了。

當全詩進入了修補劍匣部分的描寫，我們首先認識到的便是由自然、音樂、宗教與愛重新鑄成的劍匣，它不但洗淨了過去生命戰場上的血痕記憶，還將受創累累的劍身與利刃包藏起來，使它既不再為現實世界中的是非爭議、憂傷愁苦而使劍，也不再為權位成敗而交鋒。於是這把由夢與藝術重鑄的劍匣，便安然地結束了生命戰場的無盡殺戮，此時詩人所謂的以劍匣自殺，就是以藝術終結世俗爭奪的生命。由此，詩人呼應了丁尼生的詩，也為自己的生命找到了永恆安寧的居所。在結束了盲目循環的生存競爭後，為自己開啟了超然自適的藝術生命型態。

聞一多在這首詩裡，以劍比自我，以劍匣比喻在生活爭逐裡破敗的身軀。「生命戰場」點出了在生活慾望裡無止盡消耗的人生。詩人認為在生活中耗盡的生命，並不是真的生命，因此他寄望由夢所構築的藝術生命裡找到另一種新生。當人不再沉湎於各色光環的迷醉掙扎後，靈魂因而有了最美的居所。

黃　昏

太陽辛苦了一天，
賺得一個平安的黃昏，
喜得滿面通紅，
一氣直往山窪裡狂奔。

黑黯好比無聲的雨絲，
慢慢往世界上飄灑……
貪睡的合歡疊攏了綠鬢，鈎下了柔頸，
路燈也一齊偷了殘霞，換了金花；
單剩那噴水池

不怕驚破別家底酣夢，
依然活潑潑地高呼狂笑，獨自玩耍。

飯後散步的人們，
好像剛吃飽了蜜的蜂兒一窠，
三三五五的都往
馬路上頭，板橋欄畔飛著。
嗡……嗡……嗡……聽聽唱的什麼——
是花色底美醜？
是蜜咪底厚薄？
是女王底專制？
是東風底殘虐？

啊！神祕的黃昏啊！
問你這首玄妙的歌兒，

這輩囂喧的眾生
誰個唱的是你的真義？

賞　析

本詩最初發表於一九二〇年十月二十二日的《清華週刊》，後收入一九二三年九月出版的詩集《紅燭》中，增加了最後四句。

這首詩分為兩部分：前半部描寫黃昏之景，後半部寫黃昏之人。詩人以擬人化的口吻，首先將太陽的西墜做了處理，然後藉著白日向黑暗的轉換，用路燈巧妙地替換了黃昏的光彩。此外，在看似靜態的光影世界中，加入了合歡姿態的變化以及噴水池的動態。

隨後又以噴水池的活水為轉折，將對黃昏的聚焦從景移到人身上。詩人不寫人在黃昏中的顏色，卻選擇用人在黃昏時的作息來寫黃昏。經由人如蜜蜂的譬喻，指出了人在忙碌一天後，可以在黃昏時刻飽足閒談的安適自在。詩中所謂「花色底美醜、蜜咪底厚薄、女王底專制、東風底殘虐」都在指稱生活營生裡人的美醜好惡、財富得失、權位高低和現實的殘酷。

如果沒有詩末四句探問黃昏什麼才是它的真義？那麼這首詩就只是單純地描寫了黃昏的景色與人而已。然而詩人卻從蜜蜂所譬喻的人的歌唱，延伸出對黃昏真義的探問，就使全詩所描繪的神祕的黃昏，這看似不能黑白兩分的黃昏，得以與人生的玄妙不可知巧妙地連接在一起。詩人寫黃昏的美與神祕，其實也就是寫人生複雜的價值判斷與苦樂。

全詩幾乎都採用譬喻與擬人的方式來寫景狀人，被描寫的景與人不但因此有了鮮明直接的形象，而且在靜中含動、動中有靜的畫面裡，傳達了生命所隱伏的律動。

時間底教訓

太陽射上床，驚走了夢魂，
昨日底煩惱去了，今日底還沒來呢。
啊！這樣肥飽的鶉聲，
稻林裡撞擠出來——來到我心房釀蜜，
還同我的，萬物底蜜心，
融合作一團快樂——生命底唯一真義。

此刻時間望我盡笑，
我便合掌向他祈禱：「賜我無盡期！」
可怕！那笑還是冷笑；

那裡？他把眉尖鎖起，居然生了氣。

「地得！地得❶！」聽那壁上的鐘聲，
果同快馬狂蹄一般地奔騰。
那騎者還彷彿吼著：
「盡可多多創造快樂去填滿時間；
那可活活縛著時間來陪著快樂？」

注釋

❶地得地得　即時鐘的滴答聲。

賞析

本詩最初發表在一九二〇年十月八日的《清華週刊》，後來收入一九二三年九月出版的詩集《紅燭》。

全詩分為三段：第一段寫面對新的一天開始時，自覺已經擺脫了昨日煩惱的那種快樂和希望。第二段藉時間的冷笑，指出快樂只是短暫的。第三段則以時間快速的前進，反思了快樂並不是由時間來延續，而是由自己去創造。

詩人掌握了人希望永遠快樂遠離煩惱的同理心，來與時間的永恆性和事物的無窮變化對比，見出了沒有任何事物和感受可以不被時間改變的。於是，詩人領悟到所謂無盡的快樂，並不是從時間的長短來衡量，唯有不去意識時間的長短，才不會沉溺於對必然要消失的快樂所帶來的惆悵，也才能化被動為主動，去創造更多不同的快樂，這就遠比去延續一種快樂要有意義得多。

詩題所謂時間給詩人的教訓即在此，那就是：不要去追求一種不變的永恆，應該要追求的是永恆的創造。每個人的生命都有盡頭，沒有人能與無窮的時間相抗衡。但是，只要人能為自己創造快樂，那麼即使是短暫的生命也有無窮快樂的可能。

全詩用對話方式來對比人快樂的短暫與時間的無盡，從而使得人在時間無情的促迫之下，更能領悟把握創造快樂的價值。

詩人

人們說我有些像一顆星兒，
無論怎樣光明，只好作月兒底伴，
總不若燈燭那樣有用——
還要照著世界作工，不徒是好看。

人們說春風把我吹燃，是火樣的薇花，
再吹一口，便變成了一堆死灰；
剩下的葉兒像鐵甲，刺兒像蜂針，
誰敢抱進他的赤裸的胸懷？

又有些人比我作一座遙山：
他們但願遠遠望見我的顏色，
卻不相信那白雲深處裡，
還別有一個世界——一個天國。

其餘的人或說這樣，或說那樣，
只是說得對的沒有一個。
「謝謝朋友們！」我說，「不要管我了，
你們那樣忙，那有心思來管我？

你們在忙中覺得熱悶時，
風兒吹來，你們無心地喝下了，
也不必問是誰送來的，
自然會覺得他來的正好！」

賞析

本詩收錄於一九二三年九月出版的詩集《紅燭》。

這首詩的詩題既然是詩人，詩人自己作為詩人的身分就因此變得切身，好比一個作家寫什麼是作家一樣。為了避免自己的發言過於主觀，於是作者便故意用轉述的方式，通過一般人對詩人的印象和看法來寫詩人。

在第一段裡，人們說詩人雖然也帶給人光明，但光明卻不如月亮，而且也比不上燈燭實用。指出詩人與詩歌對人類靈魂之光的貢獻，卻不具實用的功效。第二段的人們則認為溫和美好的春風雖然可以燃起詩人的靈思，但這靈思又極為脆弱，不敵現實的摧折。寫出了詩人的理想性、執著與不同於流俗。到了第三段，由人們將詩人比成遙遠的山，雖然望見其美妙的顏色，卻不相信那裡有超塵脫俗的天國，可以讓人忘卻煩惱悠然自適。指出詩人的藝術性，雖引領人的精神追求，卻無法改變真實的世界醜惡。

最後，面對一般人所持關於詩人及詩的評論，詩人並不直接加以反駁，只是帶著孤傲的口氣指出詩不是忙於生活的人可以懂得的。但是，這看似無關世用的詩，卻往往能在忙碌的生活中為失去愉悅感受的人們帶來沁涼的風，且重新給予人們心靈的恬適與安然。

這首詩與其說是在寫詩人的重要，不如說是在指出詩歌的特點以及詩對人心靈的影響。第一段揭示了詩歌的非實用性，第二段談的是詩歌的非世俗性，第三段說的是詩歌的理想性與藝術性。詩歌拉開了人與生活的距離，反而使人得以更清楚地照見生活的真相，也因此更能涵養生命的想像與美感。所以，一個看似無益世用的詩人，卻在建構清新美好的心靈世界上展現了其無可取代的價值。

花兒開過了

花兒開過了，果子結實了；
一春底香雨被一夏底驕陽炙乾了，
一夏底榮華❶被一秋底饞風掃盡了。
如今敗葉枯枝，便是你的餘剩了。

天寒風緊，凍啞了我的心琴；
我慣唱的頌歌如今竟唱不成。
但是，且莫傷心，我的愛，
琴弦雖不鳴了，音樂依然在。

只要靈魂不滅，記憶不死，縱使
你的榮華永逝，（這原是沒有的事）
我敢說那已消的春夢底餘痕，
還永遠是你我的生命底生命！

況且永繼的榮華，頓刻的凋落——
兩兩相形，又算得了些什麼？
今冬底假眠，也不過是明春底
更烈的生命所必需的休息。

所以不怕花殘，果爛，葉敗，枝空，
那縝密的愛底根網總沒一刻放鬆；
他總是絆著，抓著，咬著我的心，
他要抽盡我的生命供給你的生命！

愛呀！上帝不曾因青春底暫退，
就要將這個世界一齊搗毀，
我也不曾因你的花兒暫謝，
就敢失望，想另種一朵來代他！

注釋

❶榮華　此處指花朵。

賞析

本詩收錄於一九二三年九月出版的詩集《紅燭》。

這首詩雖然分為六段，卻只在第一段明白點題，直寫花開、結果、葉敗、枝殘此等一切美麗繁華終將死亡凋零的結局。然後，面對著這必然要消逝的榮華，詩人在第二三段便以形貌的凋敗不等於生命的凋敗另開新局，為開過的花兒找到了一條新生的道路。

詩人首先從靈魂中共同的記憶，為看似已消逝的春夢，延續了華美的生命。又在第四段中接續第三段「你的榮華永逝，（這原是沒有的事）」一語，用四季循環的生死轉換，來顛覆死亡的絕對性，這就將榮華的起落變成生命型態的轉換，而不是必然成空的永恆結局。

既然有形的容貌在凋落之後都必然要重生，由此而推，「我」又何需恐懼哀嘆花殘、果爛、葉敗、枝空等榮華的短暫和消逝呢？於是在第五段，詩人提出了以無處不在的執著的愛，重新給予凋落的花以生命。只要還有不放棄的愛，暫凋的花朵永遠是心靈中獨一無二且無可取代的。

這首詩表面上寫對花朵開落的慨嘆，但實際上，詩人以花朵的榮華來比喻人的青春與愛情。在青春正盛之時，愛情總是如此華美讓人依戀。然隨著青春的必然消逝，愛情的唯一與永恆便也產生了將隨青春而逝的可能。詩人顯然相信真正的美麗與唯一，並不會在易凋的榮華裡失去，他從凋而復生的生命型態裡，見出了執著的愛，是如何超越凋萎的青春而在記憶靈魂深處重生永駐，這也是真正的愛無可被替代轉移的原因所在。

死

啊！我的靈魂底靈魂！
我的生命底生命，
我一生底失敗，一生底虧欠，
如今要都在你身上補足追償，
但是我有什麼
可以求於你的呢？

讓我淹死在你眼睛底汪波裡！
讓我燒死在你心房底熔爐裡！
讓我醉死在你音樂底瓊醪❶裡！

讓我悶死在你呼吸底馥郁❷裡！
不然，就讓你的尊嚴羞死我！
讓你的酷冷凍死我！
讓你那無情的牙齒咬死我！
讓那寡恩的毒劍螫死我！

你若賞給我快樂，
我就快樂死了；
你若賜給我痛苦，
我也痛苦死了；
死是我對你唯一的要求，
死是我對你無上的貢獻。

注釋

❶瓊醪　美酒。
❷馥郁　濃郁的香氣。

賞析

這首詩最早發表於一九二三年四月四日的《清華週刊・雙四節特刊》，後收入一九二三年九月出版的詩集《紅燭》。

在「死」的詩題下，詩人首先點出了死是生命與靈魂的總結，因此生命中一切發生過的成敗，都將在這個人人都有的總結裡獲得了平等的補足。然而，詩人並不將死亡當成一種消極的、只能靜待其來臨的人生終點，反而以積極的態度，轉而向死亡索取生命中欠缺的部分。

於是在第二段，詩人要求死亡能給予他全然的、絕對的死亡，這意味著，如果人必須死亡，那就應該是去經驗一種能完全燃燒、純粹的迷醉狀態，這才足以彌補生時無法全然綻放體驗的熱情。

如果死亡仍不能滿足那使人完全地歸屬和沉醉其中的渴望，那麼詩人轉而要求至少能在死亡的面前見到自己生命中淪喪的尊嚴、冷酷、無情與寡恩。在這裡，詩人表面上寫死亡，其實是借用死亡的絕對性，來對照人為了生存而不斷壓抑、卑屈、冷酷，並從而造就出情感殘缺、委曲求全、搖尾乞憐的可悲面貌。

全詩看似將死視為人無可逃避的命運，實際上卻把死當作重燃生命熱情的道路。詩人向死亡追討生命中逐漸消失的那種完全燃燒和沉醉的激情，他從死亡裡見到人活著時卑屈無情冷酷的不堪，因此當他發出死是他唯一的要求和貢獻的吶喊時，正是對怯懦殘酷的生命型態的鄙棄和批判。於是，這不斷向死亡乞求死亡的渴望，反而強化了他對生命中熱情和尊嚴的期許。

全詩分為四段，採用了六、四、四、六的句數，是聞一多對十四行詩體的套用。雖然與中國傳統近體詩整齊對偶的句式和押韻不同，但是通過每一段裡句子音尺的相同和重複、以及幾乎每段押一韻的方式，同樣營造出音律的回還往復之感。尤其是每一句開始那帶有「命令」語氣的「要求」，在不斷複沓的過程裡，更強化了詩人對生命的堅強意志。

深夜底淚

生波停了掀簸；
深夜啊！——
沉默的寒潭！
澈虛的古鏡！
行人啊！
回轉頭來，
照照你的容顏罷！
啊！這般顚頹……
輕柔的淚，

溫熱的淚，
洗得淨這僕僕的征塵？
無端地一滴滴流到唇邊，
想是要你嘗嘗他的滋味；
這便是生活底滋味！

枕兒啊！
緊緊地貼著！
請你也嘗嘗他的滋味。
唉！若不是你，
這腐爛的骷髏，
往那裡靠啊！

更鼓啊！
一聲聲這般急切；

便是生活底戰鼓罷？
唉！播斷了心弦，
攪亂了生波……

戰也是死，
逃也是死，
降了我不甘心。
生活啊！
你可有個究竟？

啊！宇宙底生命之酒，
都將酌進上帝度金樽❶。
不幸的浮漚❷！
怎地偏酌漏了你呢？

注釋

❶ 金樽　酒杯。
❷ 浮漚　水泡。

賞析

這首詩最初發表於一九二二年四月四日的《清華週刊・雙四節特刊》，後收入一九二三年九月出版的詩集《紅燭》。

一開始，詩人便指出了「深夜」這個在忙碌生活中唯一可以短暫停歇的時刻，因為它稍稍脫離了生活周遭各種事物的煩擾，而使人體悟到生活的忙碌追求是多麼的虛無和徒然。詩人將深夜比喻為一面如寒潭般冷靜的古鏡，用來照見被生活耗盡後生命的那種憔悴容顏。然後通過這顆被生活練就的冷硬的心在此時所流下的鹹澀淚水，指出了生活在心靈所留下的汙損才是生活的真正滋味。

從生活真滋味的領悟，詩人進而理解到人這脆弱殘破且必然要腐爛的身軀，顯然是無法獨立支撐生活的重負的。即便有短暫的深夜時光，可以稍稍倚靠床枕休息，可是生活的戰鼓就像更鼓，總是隨著黎明一聲聲地迫近。那麼面對生活這周而復始、無可逃避的苦難，就似乎只有死亡才能解脫。但可悲的是，即便是渴求死亡，卑微無感的生命卻是連那掌理宇宙生命的上帝也不屑一顧的，它沒有任何價值得以被量入上帝鍍金的酒杯裡。

全詩藉著深夜的反思，對盲目循環的生活提出批判。詩人以被生活磨損的軀體隱喻被徒然生活所毀壞的生命價值。於是，通過上帝賦予所有生命的甘醇沉醉，對比人在生活裡的無知無覺，從而指出了人在生活中所忽視、喪失的感情和理想，才是人真正的生命價值所在，一旦失去了二者，生命就不過是空虛的泡沫而已。

詩債

小小的輕圓的詩句，
是些當一的制錢❶——
在情人底國中
貿易死亡底通寶。

愛啊！慷慨的債主啊！
不等我償清詩債
就這麼匆忙地去了，
怎樣也挽留不住。

但是字串還沒毀喲！
這永欠的本錢，
仍然在我帳本上，
息上添息地繁衍。

若有一天你又回來，
愛啊，要做Shylock❷嗎？
就把我心上的肉，
和心一起割給你罷！

注釋

❶制錢　古代的幣制。
❷Shylock　莎士比亞戲劇《威尼斯商人》中的角色。

賞析

這首詩收錄於一九二三年九月出版的詩集《紅燭》。

詩題雖然是「詩債」，但詩人卻是通過詩與愛情的關係來著墨的。一開始，詩句就被譬喻為在愛情國度裡進行交易的貨幣，這就指出了詩是開啟愛情、傳遞愛情的瑰寶。於是所謂的「詩債」，就不是指詩人積欠的詩稿，而是對「我所愛的」這個債主所積欠的「愛」。在這裡，詩人表面上凸顯了所愛的人是不求回報的慷慨姿態，但實際上卻是通過債主的不求回報，反襯出對方已經不愛自己、毫無根由的離去且無法挽留。然而即使所愛之人已不在身邊，詩人仍在這曾開啟過、見證過愛的詩句裡，不斷累積繁衍著他的愛情。他仍等待心愛的人回來，以便獻上這由心血鑄成的詩句，一併還了所欠的詩債即情債。

詩人要寫詩與心靈情感的關係，卻故意不以詩本身的價值為對象；想表達自己對愛情的渴慕，卻偏偏用對別人的虧欠來描述。這使得這首詩得以在寫詩就是寫愛的前提下，呈現出詩人對「情愛之債」這種看似不得不，其實心甘情願的渴望。如果不用「詩債」的「欠人」，就無法凸顯詩人自願還債的這種想去愛人的主動性。而債主愈是不追討，就愈見出詩人愛的強烈與執著。尤其值得注意的，是詩人在詩裡對比了情愛的無常與詩歌的永恆性。也就是說，當愛情已逝，唯有詩句仍留下愛的血肉與記憶，在此後不斷生滅來去的愛情裡不朽地存在著。

別後

啊！那不速的香吻，
沒關心的柔詞……
啊！熱情獻來的一切的贄禮❶，
當時都大意地拋棄了，
於今卻變作記憶底乾糧，
來充這旅途底飢餓。

可是，有時同樣的饋儀❷，
當時珍重地接待了，撫寵了；
反在記憶之領土裡

刻下了生憎惹厭的痕跡。

啊！誰道不是變幻呢？
頃刻之間，熱情與冷淡，
已經百度底乘除了。

誰道不是矛盾呢？
一般的香吻，一樣的柔詞，
才冷僵了骨髓，
又燒焦了纖維。

惡作劇的瘧魔呀！
到底是誰遣你來的？
你在這一隙駒光之間，
竟教我更迭地

作了冰炭底化身！
惡作劇的瘧魔喲！

注釋

❶贄禮　贄原指初見面時遞送的禮物，此處只取禮物之意。
❷饋儀　致贈的財物。

賞析

本詩收錄於一九二三年九月出版的詩集《紅燭》。

在這首詩中，詩人以冷熱兩極的對比變化，寫別後的心情與感受。一開始，便將過往的記憶區分為無意的與有意的兩類。那些過往不經意留下的香吻與言詞，在別後都變成自己賴以彌補心靈空虛的糧食；而那些曾經慎重接受的香吻和言詞，卻又在別後成了惱人的記憶。這種不曾記憶的反而鮮明渴望、謹慎記憶的反而帶來痛苦，其實已經寫出了離別後對往日時光那種既依戀又痛恨的矛盾情緒。然後，針對這忽冷忽熱、又愛又恨的情緒變化，詩人以彷彿罹患了瘧疾來比喻，意在強調這被記憶纏繞而忽喜忽悲的心靈，是如何被離別深深地又無所不在地觸動著。所謂「冷僵了骨髓」就在形容這種絕望之深，而「燒焦了纖維」就在描寫痛苦的無所不在。此處並以「一隙駒光之間」呼應第三段的「頃刻之間」，藉由凸顯別後這「極短時間」內自己所承受的矛盾痛苦，來強調離別帶來的衝擊。

從冰與炭、熱與冷、渴望與厭棄這一連串的對比形容裡，詩人雖無一語觸及悲傷或眼淚，也不曾以全然的黑暗和沉淪來寫痛苦絕望，但是這種不斷在天堂和地獄兩極輪迴交替的痛苦與可怖，就像是希臘神話中不斷長出心臟又不斷被鷹啄食的普羅米修斯，因著不肯屈服而導致的苦痛就不僅僅是深徹骨髓的，更是循環不息、永無止盡的。

我是一個流囚❶

我是個年壯力強的流囚，
我不知道我犯的是什麼罪。

黃昏時候，
他們把我推出門外了，
幸福底朱扉已向我關上了，
金甲紫面的門神
舉起寶劍來逐我；
我只得闖進縝密的黑暗，
犁著我的道路往前走。

忽地一座壯閣底飛檐，
像隻大鵬底翅子，
插在浮漚密布的天海上：
卐字格的窗欞裡
瀉出醺人的燈光，黃酒一般地釅❷；
哀宕淫熱的笙歌，
被激憤的檀板❸催窘了，
螺旋似地錘進我的心房：
我的身子不覺輕去一半，
彷彿在那孔雀屏前跳舞了。
啊快樂——嚴懍的快樂——
抽出他的譏誚底銀刀，
把我刺醒了；
哎呀！我才知道——

我是快樂底罪人，
幸福之宮裡逐出的流囚，
怎能在這裡隨便打溷❹呢？

走罷！再走上那沒盡頭的黑道罷！
唉！但是我受傷太厲害；
我的步子漸漸遲重了；
我的鮮紅的生命，
漸漸染了腳下的枯草！

我是個年壯力強的流囚，
我不知道我犯的是什麼罪。

注釋

❶流囚　被流放的囚犯，即被以遠離家國為懲罰方式的囚犯。
❷釃　形容味道醇厚。
❸檀板　檀木做成的響板，常於歌舞中擔任節拍器。
❹打溷　同「打混」。

賞析

本詩最初發表於一九二三年二月十五日的《清華週刊》，後收入一九二三年九月出版的詩集《紅燭》中。

聞一多寫此詩時正留學於美國，他在給梁實秋的信裡曾言及他作此詩的動機。他說：這首詩是為一位名為盧默生的留學生的遭遇而寫。這個人雖然具有文學藝術的才華，卻和所有的中國留學生一樣有一個沒有感情的形式婚姻。然而當他置身在美國這樣一個以戀愛自由為當然的環境中，他的情感遂不可收拾地爆發了。於是這一向遵循中國社會道德的盧君，遂因無法控制自己的情感而發瘋。由於聞一多自己的婚姻際遇與盧君有相似之處，所以他特別寫了這首詩，強調：「〈我是一個流囚〉是盧君之事所暗示的；盧君之事實即我之事。但是我可以告慰你們我現在並不十分衰颯；我對於藝術的信心深固，我相信藝術可以救我；我對於宗教的信心還沒有減替，我相信宗教可以救我」。從聞一多這段話裡，我們已經可以理解這首詩就動機來說是在表述對家與愛情的兩難選擇與痛苦，但真正的內涵仍要從詩本身來掌握。

詩一開始，便點出了被判處無盡流放苦行的罪人「我」，並不知道自己身犯何罪的形象，這就一方面暗喻了罪與流放並不是真正肉體的和法律的，而是心靈和道德的；另一方面也為人對情感的渴望作了非罪的定位。第二段，詩人用幸福的朱扉與金甲紫面的門神比喻家的幸福已將我遠遠自其中驅逐出來，使我不得不步上那黑暗無盡的道路。第三段則寫道路中突然出現的華美壯麗的海市蜃樓，用這蓋在如「浮漚」的「天海」上的建築，所傳來的令人迷醉激狂的音樂，象徵對自由情感的熱切渴望，於是「我」這在無愛情的生活裡愈趨沉重的身軀，遂因而減去了重負而輕快地跳起舞來。

然而當這愛情的海市蜃樓必須背負背德的譴責時，它所帶來的快樂就像把尖利的銀刀，總以譏諷的語言將我刺醒。於是「我」終於明白自己是一個快樂的罪人，因為追求情感的快樂，所以將永遠從幸福的家園裡被驅逐。不被家庭社會接納支持的我，雖然還想繼續走下去，但因快樂所招致的背德之傷太過沉重，遂使我無法繼續行走下去。詩末詩人重複詩首：「我是個年壯力強的流囚，我不知道我犯的是什麼罪。」再一次將我那種無從在家庭幸福與情感自由間抉擇的無奈作了強調。

在這首詩裡，詩人之所以以「不知身犯何罪」來作為流囚的形象，旨在凸顯因情感與婚姻而獲的罪並非自願與自覺的，這就點出了情感與婚姻這原本應當合而為一、由自己作主的切身之事，卻在傳統婚姻觀念的藩籬裡成為互不相關的對立取捨。詩人既以幸福作為安穩實際家庭生活的表徵，而以海市蜃樓形容情愛快樂的美麗虛幻，來對比出幸福和快樂的不相容受和抵觸。那麼這被驅逐於幸福之外又在快樂中負罪而醒的流囚，面對黑暗的前路，顯然是無法以失血的身軀前進下去的。

聞一多雖然並未指斥情感快樂的追求是一種罪和錯誤，但從詩中以「長遠的幸福」指稱家庭，以「負罪的快樂」描寫情愛，就已經呈現了他對家庭價值的重視，這也許就是他在給梁實秋的信中說他之所以相信藝術和宗教可以救他的原因。換言之，聞一多認為從藝術與宗教情感中獲致的快樂，足以超越在生活中因捨棄家庭幸福而遭致流放的那種帶著痛苦、令人戰慄的快樂。這麼一來，詩中那無從抉擇的困境，也就彷彿有了出路。

晴朝

一個遲笨的晴朝，
比年還現長得多，
像條懶洋洋的凍蛇，
從我的窗前爬過。

一陣淡青的煙雲
偷著跨進了街心……
對面的一帶朱樓，
忽都被他咒入夢境。

栗色汽車像匹驕馬
休息在老綠蔭中，
瞅著他自身的黑影，
連動也不動一動。

傲霜的老健的榆樹，
伸出一只粗胳膊，
拿在窗前底日光裡，
翻金弄綠，不奈樂何。

除了門外一個黑人，
薙草❶，刮刮地響聲漸遠，
再沒有一息聲音——
和平布滿了大自然，

和平蜷伏在人人心裡；
但是在我的心內，
若果也有和平底形跡，
那是一種和平底悲哀。

地球平穩地轉著，
一切的都向朝日微笑；
我也不是不會笑，
淚珠兒卻先滾出來了。

皎皎的白日啊！
將照遍了朱樓底四面；
永遠照不進的是——
遊子底漆黑的心窩坎；

一個懨病的晴朝，
比年還過得慢，
像條負創的傷蛇，
爬過了我的窗前。

注釋

❶薙草　除草。

賞析

本詩最初發表於一九二三年一月十三日《清華週刊》，後收錄於一九二三年九月出版的詩集《紅燭》。

這首詩的詩題「晴朝」本身就是一個很特殊的描寫對象。「朝」指的是一段早上的時光，是抽象的。而「晴」是一種氣象，也是抽象的。因此，詩人一開始，便以

「遲笨」和「懶洋洋」點出了「朝」的步調，然後就著這遲笨懶散的時光推移，把「晴」藉著朱樓的明、綠蔭下的暗給表現了出來。緊接著詩人藉擬人化的「老榆樹」和除草黑人漸遠的聲音，來使靜置的畫面活動起來，同時又將這種活動壓抑在遲笨懶散的氣氛中，這才點出了他勾勒晴朝的主要精神——祥和。

然而詩意至此也一轉，在這一片祥和的自然環境中，詩人卻從這自顧自安穩挪移的晴朝裡，見到了自己的悲傷。而悲傷的因由正在於晴朝的光與靜無法照進自己的心裡。一個異鄉遊子，面對著這個比「年」還「久」、且由結凍而負傷的「蛇行」來比喻的晴朝，不由的要想起歸鄉的遙遙無期，自然便要悲傷痛恨晴朝（時間）的緩慢。

詩人刻意在詩中凸顯晴朝的平和狀態和悠閒步調，意在對比離鄉遊子度日如年、灰暗的思鄉情緒。只有在自己家園生活的人，才能真正體會享受明媚自在的晴朝，而異鄉這種美好悠閒的景色，卻只能讓遊子更添鄉愁而已。詩中成功運用了「晴」的光線特點來描述景物，因而那隨除草聲而遠去的黑人，便成為這寧靜世界中唯一和遊子一樣有著不平騷動的存在。雖然詩人並未刻意藉此點出中國留學生在美國所受到的歧視和壓迫，但從他對自己心中是否真有「和平形跡」存在的質疑，或多或少流露了對這虛假祥和晴朝的嘲諷。

秋之末日

和西風酗了一夜的酒，
醉得顛頭跌腦，
灑了金子扯了錦繡，
還呼呼地吼個不休。

奢豪的秋，自然底浪子哦！
春夏辛苦了半年，
能有多少的積蓄，
來供你這般地揮霍呢？
如今該要破產了罷！

賞析

本詩初刊於一九二三年二月十五日《清華週刊》，又見抄錄於一九二二年九月十九日給梁實秋信中，題作〈晚秋〉。

在短短的九行詩句裡，詩人用以描寫秋末的主要特點便是「秋風」。他先以酗酒的「醉」這種癲狂的樣態來比擬秋風的姿態，再將秋天轉黃、轉紅的樹葉，比擬為人視為珍寶的金子與錦繡，於是，這秋風掃落一切的「揮霍」強度就因為掃去的是金子與錦繡，而帶有超越世俗的瀟灑。然後詩人才在第二段裡，針對被秋風散盡一切華麗的晚秋時節發出感慨。相對於樸實溫和的春與夏，這被比喻為揮霍珍寶的晚秋，其實反而有種豁達的豪情。

這首詩雖然明明白白寫的是秋末的景象，但是通過金子和錦繡這兩種強調物質價值的語詞，使秋風那種嚴峻的意味，被轉化為對世俗財富的不屑一顧，於是這原本該予人蕭瑟的深秋，卻因掃除了世俗的功利與冷酷，而變得率真溫暖許多。

色彩

生命是張沒價值的白紙，
自從綠給了我發展，
紅給了我情熱，
黃教我以忠義，
藍教我以高潔，
粉紅賜我以希望，
灰白贈我以悲哀；
再完成這幀彩圖，
黑還要加我以死。
從此以後，

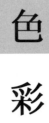

我便溺愛於我的生命，
因為我愛他的色彩。

賞析

本詩原被抄錄於一九二二年十二月一日給梁實秋的信中，是作者擬寫的長詩〈秋林〉中的一節。後收錄於一九二三年九月出版的詩集《紅燭》。

在這首詩中，詩人以完全不分段的整齊句式，一氣呵成地將不同顏色與自己的生命作了聯繫。他首先把生命比喻為一張「沒價值的白紙」，這就暗示了其後生命的各種色彩都將在賦予生命顏色的同時賦予生命不同的價值，那麼在被色彩充滿之前的白紙就與純潔無關，而只是無價值的狀態。

隨後詩人便以「綠」（草）的生長氣息來表徵生命的發展、以紅（血）的強烈表熱情、以黃這種帝王之色來表忠義之情、以藍（天）的高遠來表徵高潔的心志、以粉紅所具有的夢的迷離意象表希望、以灰白本身的無彩表悲哀，最後再以絕對的黑喻死亡，這才完成了生命的圖畫，建立了生命的價值。

詩人不僅以詩中的色彩各自對應了喜怒哀樂、理想與人格在生命中的價值，他還藉由對「贈我」悲哀的灰白和「加我」以死亡的黑色的凸顯，把生命多彩的存在，架構在對悲哀與死亡的依賴上。由於悲哀與死亡不是被當作一種負面的、應該厭棄的東西，所以情感、忠義、志節才能無懼於各種生存的磨難而堅定地顯現其價值。也就是說，如果沒有悲哀與死亡，生命是無法見出這些色彩的美麗與珍貴的。是以只有豁達的看待悲傷與死亡存在的事實，明瞭生命的有限與生活痛苦的必然，人才能真正溺愛自己的生命，而且愛這些生命中不同的情感與人事變化。

紅豆

「此物最相思」——王維

一

紅豆似的相思啊！
一粒粒的
墜進生命底磁罈裡了……
聽他跳激底音聲，
這般淒楚！
這般清切！

二

相思著了火，
有淚雨灑著，

還燒得好一點；
最難禁的，
是突如其來
趕不及哭的乾相思。

三

意識在時間底路上旅行：
每逢插起一杆紅旗之處，
那便是——
相思設下的關卡，
擋住行人，
勒索路捐的。

四

裊裊的篆煙啊！
是古麗的文章，
淡寫相思底詩句。

五

比方有一屑月光，
偷來匍匐在你枕上，
刺著你的倦眼，
撩得你鎮夜不著，
你討厭他不？
那麼這樣便是相思了！

六

相思是不作聲的蚊子，
偷偷地咬了一口，
㪺然痛了一下，
以後便是一陣底奇癢。

七

我的心是個沒設防的空城，
半夜裡忽被相思襲擊了，

我的心旌
只是一片倒降；
我只盼望——
他恣情屠燒一回就去了；
誰知他竟永遠占據著，
建設起宮牆來了呢？

八

有兩樣東西，
我總想撇開，
卻又總捨不得：
我的生命，
同為了愛人兒的相思。

九

愛人啊！
將我作經線，

你作緯線，
命運織就了我們的婚姻之錦；
但是一幀回文錦哦！
橫看是相思，
直看是相思，
順看是相思，
倒看是相思，
斜看正看都是相思，
怎樣看也看不出團圞二字。

一〇

我倆是一體了！
我們的結合，
至少也和地球一般圓滿。
但你是東半球，
我是西半球，

我們又自己放著眼淚，
做成了這蒼莽的太平洋，
隔斷了我們自己。

一一

相思枕上的長夜，
怎樣的厭厭難盡啊！
但這才是歲歲年年中之一夜，
大海裡的一個波濤。
愛人啊！
叫我又怎樣泅過這時間之海？

一二

我們有一天
相見接吻時，
若是我沒小心，
掉出一滴苦淚，

漬痛了你的粉頰，
你可不要驚訝！
那裡有多少年底
生了鏽的情熱底成分啊！

一三

我到底是個男子！
我們將來見面時，
我能對你哭完了，
馬上又對你笑。
你卻不必如此；
你可以仰面望著我，
像一朵濕薔薇，
在霽後的斜陽裡，
慢慢兒曬乾你的眼淚。

一四

我把這些詩寄給你了，
這些字你若不全認識，
那也不要緊。
你可以用手指
輕輕摩著他們，
像醫生按著病人的脈，
你許可以試出
他們緊張地跳著，
同你心跳底節奏一般。

一五

古怪的愛人兒啊！
我夢時看見的你
是背面的。

一六

在雪黯風驕的嚴冬裡，

忽然出了一顆紅日；
在心灰意冷的情緒裡，
忽然起了一陣相思──
這都是我沒料定的。

一七

討詩債的債主
果然回來了！
我先不妨
傾了我的家貲還著。
到底實在還不清了，
再剜出我的心頭肉，
同心一起付給他罷。

一八

我晝夜唱著相思底歌兒。
他們說我唱得形容顛顇了，

我將浪費了我的生命。
相思啊！
我頌了你嗎？
我是吐盡明絲的蠶兒，
死是我的休息；
我詛了你嗎？
我是吐出毒劍底蜂兒，
死是我的刑罰。

一九

我是隻驚弓的斷雁，
我的嘴要叫著你，
又要銜著蘆葦，
保障著我的生命。
我真狼狽喲！

二〇

撲不滅的相思，
莫非是生命之原上底野燒？
株株小草底綠意，
都要被他燒焦了啊！

二一

深夜若是一口池塘，
這飄在他的黛漪上的
淡白的小菱花兒，
便是相思底花兒了，
哦！他結成青的，血青的，
有尖角的果子了！

二二

我們的春又回來了，
我搜盡我的詩句，
忙寫著紅紙的宜春帖。

我也不妨就便寫張
「百無禁忌。」
從此我若失錯觸了忌諱，
我們都不必介意罷！

二三

我們是兩片浮萍：
從我們聚散的速率
同距離底遠度，
可以看出風兒底緩急，
浪兒底大小。

二四

我們是鞭絲抽攏的伙伴，
我們是鞭絲抽散的離侶。
萬能的鞭絲啊！
叫我們讚頌嗎？

還是詛咒呢？

二五

我們弱者是魚肉；
我們曾被求福者
重看了盛在籩筐裡，
供在禮教底龕前。
我們多麼榮耀啊！

二六

你明白了嗎？
我們是照著客們吃喜酒的
一對紅蠟燭；
我們站在桌子底
兩斜對角上，
悄悄地燒著我們的生命，
給他們湊熱鬧。

他們吃完了，
我們的生命也燒盡了。

二七

若是我的話
講得太多，
講到末尾，
便胡講一陣了，
請你只當我灶上的煙囪：
口裡雖葧葧地吐著黑灰，
心裡依舊是紅熱的。

二八

這算他圓滿的三絕罷！——
蓮子，
淚珠兒，
我們的婚姻。

二九

這一滴紅淚：
不是別後的清愁，
卻是聚前的炎痛。

三〇

他們削破了我的皮肉，
冒著險將伊的枝兒
強蠻地插在我的莖上。
如今我雖帶著癭腫的疤痕，
卻開出從來沒開過的花兒了。
他們是怎樣狠心的聰明啊！
但每回我瞟出看花的人們
上下拋著眼珠兒，
打量著我的莖兒時，
我的臉就紅了！

三一

哦，腦子啊！
刻著蟲書鳥篆的
一塊妖魔的石頭，
是我的佩刀底礪石，
也是我愛河裡的礁石，
愛人兒啊！
這又是我倆之間的界石！

三二

幽冷的星兒啊！
這般零亂的一團！
愛人兒啊！
我們的命運，
都擺布在這裡了！

三三

冬天底長夜，
好不容易等到天明了，
還是一塊冷冰冰的
鉛灰色的天宇，
那裡看得見太陽呢？
愛人啊！哭罷！哭罷！
這便是我們的將來喲！

三四

我是狂怒的海神，
你是被我捕著的一葉輕舟。
我的情潮一起一落之間，
我笑著看你顛簸；
我的千百個濤頭
用白晃晃的鋸齒咬你，
把你咬碎了，

便和檣帶舵，吞了下去。

三五

夜鷹號咷地叫著；
北風拍著門環，
撕著窗紙，
撞著牆壁，
掀著屋瓦，
非闖進來不可。
紅燭只不息地淌著血淚，
凝成大堆赤色的石鐘乳。
愛人啊！你在那裡？
快來剪去那烏雲似的燭花，
快窩著你的素手
遮護著這抖顫的燭焰！
愛人啊！你在那裡？

三六

當我告訴你們：
我曾在玉簫牙板，
一派悠揚的細樂裡，
親手掀起了伊的紅蓋帕；
我曾著著銀燭，
一壁擷著伊的鳳釵，
一壁在伊耳邊問道：
「認得我嗎？」
朋友們啊！
當你們聽我講這些故事時，
我又在你們的笑容裡，
認出了你們私心的豔羨。

三七

這比我的新人，

誰個溫柔？
從爐面鏤空的雙喜字間，
吐出了一線蜿蜒的香篆。

三八

你午睡醒來，
臉上印著紅凹的簟紋，
怕是綀子鎖著的
夢魂兒罷？
我吻著你的香腮，
便吻著你的夢兒了。

三九

我若替伊畫像，
我不許一點人工產物
污穢了伊的玉體。
我並不是用畫家底肉眼，

在一套曲線裡看伊的美；
但我要描出我常夢著的伊——
一個通靈澈潔的裸體的天使！
所以為免除誤會起見，
我還要叫伊這兩肩上
生出一雙翅膀來，
若有人還不明白，
便把伊錯認作一隻彩鳳，
那倒沒什麼不可。

四〇

假如黃昏時分，
忽來了一陣雷電交加的風暴，
不須怕得呀，愛人！
我將緊拉著你的手，
到窗口並肩坐下；

我們一句話也不要講，
我們只凝視著
我們自己的愛力
在天邊碰著，
碰出些金箭似的光芒，
炫瞎我們自己的眼睛。

四一

有酸的，有甜的，有苦的，有辣的。
豆子都是紅色的，
味道卻不同了。
辣的先讓禮教嘗嘗！
苦的我們分著囫圇地吞下。
酸的酸得像梅子一般，
不妨細嚼著止止我們的渴。
甜的呢！

啊！甜的紅豆都分送給鄰家作種子罷！

四二

我唱過了各樣的歌兒，
單單忘記了你。
但我的歌兒該當越唱越新，越美。
這些最後唱的最美的歌兒，
　一字一顆明珠，
　一字一顆熱淚，
我的皇后啊！
這些算了我贖罪底菲儀❶，
這些我跪著捧獻給你。

注釋

❶菲儀　菲薄的禮品金錢。

賞　析

本詩收錄於一九二三年出版的詩集《紅燭》。

這首長詩是由四十二節小詩組成的，除了詩首以「此物最相思」揭示紅豆的「相思」意涵，和詩末第四十二節用全詩獻給你來總結相思的因由足以概括全詩各節外，各節可說是都是各自獨立的小詩。

詩一開始，詩人便用紅豆掉進磁罈裡，那清楚跳躍的聲音與形象，比擬了相思時心的躍動和哀傷。

第二節藉火與水這相剋的兩物，同寫相思之火烈與哀傷之淚水的煎熬，水火共構出相思那種戀極、悲極的折磨。

第三節從意識的總被相思所阻，寫相思之無從控制、無從防衛，雖明寫相思這種予取予求的蠻橫姿態，但其實是為了凸顯詩人陷溺相思之中無法自拔的苦狀。

第四節從文章中縹緲的文字，譬喻相思這亙古不滅的縹緲情思的美麗。

第五節從相思無法成眠的痛苦著眼，既因無法成眠而恨著相思，就更顯相思迷人之處。

第六節藉被蚊子叮咬後的奇癢，寫相思那種又快樂又痛苦的複雜感受。

第七節掌握相思之無形無體卻能永占人心的特點，把自己的心喻為沒設防的空城，一旦被相思占據，就永不能再將它驅趕，強化了被空間化的相思的蠻橫與絕對。

第八節詩人不直說哪兩樣東西想撇開又捨不得，只從這為難的處境寫對相思的又愛又恨。

第九節寫相思的根由，把愛人與我雖結成連理卻又無法團圓的狀況，用回文詩無論怎麼念，起點終點都是相思二字的特徵，一方面寫出分離是相思之由，另一方面也用「團圞」二字的不可見，指出相思之無盡期。

第十節將地球二分來譬喻彼此的分隔，然後用海洋之水喻相思淚的深與多。

第十一節寫相思之夜雖然只是歲歲年年中的一夜，但是因相思之難捱，這一夜便如海中的一個波濤，怎麼泅泳也無法渡過。換言之，便是一個波浪已經難熬，何況還有無盡的相思波濤呢！

第十二節用生鏽來比喻相思累積之久之深。「銹」字凸顯了相思的腐蝕性，故而當相思之淚滴在你的粉頰，它所鬱積的愁苦濃度就可想而知是如何傷人心肺了。

第十三節用我哭完可以對你笑的這種男子的自我克制，對比你可以盡情流淚表達相思之情的女子特權，把我身為男人在相思上的苦楚寫得更為沉重些。

第十四節用即便你看不懂我寫給你的詩句，但只要你用手指輕觸這些字便能感受到我的心跳，來寫字字皆相思，無須理解也能望形同感。

第十五節以夢中見你都是背對著我，寫相思中的疑懼。

第十六節用嚴冬中乍現的紅日來比喻相思的突如其來，以及因著思念你而感覺到的溫暖和希望。

第十七節把最能表達情意的詩當作當還的債，如果詩無法償還，就只好用自己的心償還。這債主明明是自己所愛戀思念的你，但詩人不說自己想念，而說成你來討債，更見出相思中那種看似不甘願又由不得自己的心。

第十八節寫為相思耗盡生命的自己，死也許可以得到休息，但若因此而不能再想你，死就成了我的刑罰。意味寧可相思而死，不願死不相思。

第十九節寫被思念磨折的生命，一面要相思，一面還要保障自己的生命被相思耗盡，這就是說，保命為了能相思，而相思卻是最傷命的。

第二十節寫相思燎原的威力。

第二十一節把心喻為深池，心中開出的淡白相思之花，卻能結成有利角的果子刺傷自己的心。

第二十二節寫相思中預想的團圓，強調定要百無禁忌的堅決以免再因任何現實的顧慮錯失彼此。

第二十三節指從相思的距離可以見出情感的深淺、阻礙的大小。

第二十四節把相思比喻為鞭打在身上的絲，將伙伴聚在一起，卻又讓愛侶分離。換言之，相思是伙伴共聚訴苦的原因，卻是愛侶分離才有的東西。

第二十五節表面上與相思無關，卻實寫因禮教的壓迫對相思的傷害。

第二十六節感傷的指出被分隔的兩人在思念中燒盡的生命，卻不過是眾人熱鬧生活裡的裝飾。

第二十七節用言不由衷寫相思的熱烈和苦狀，是無法以語言表達萬分之一的。

第二十八節不用兒子妻子房子作為生命的圓滿，卻用蓮子的苦、淚珠兒的哀和我們的婚姻來寫圓滿的相思。相思的苦愈深，情感就愈深厚，那麼我們的婚姻自然是圓滿的了。

第二十九節用紅豆比紅淚，並且以別後到聚前的由清愁而炎痛，指陳相思在時間裡的不斷累積加劇。

第三十節仍從相思的被迫與強制特點著眼，以接枝後那種既合而為一又一分為二的矛盾存在，把相思的心意相通形影相離表現出來。

第三十一節不寫相思，而寫造成相思的阻礙。從「蟲書鳥篆」是「我愛河裡的礁石」來看，這個阻礙愛情的東西是指存在於我的腦中，那些由古書所傳下的道德禮教。

第三十二節用星星的變幻無定比命運，指出自己愛情成敗的不操之於己。

第三十三節藉冬夜至冬晨的一樣寒冷灰色，寫對愛情前途的絕望。尤其因為凸顯了夜以至晨的跨度，便同時強化了期望的熱切與絕望的徹底。

第三十四節表面上不寫相思，但實際上卻將思念之渴切以怒濤對舟子的吞噬來比喻，於是怒濤那「強烈」、「完全」、「無所不在」的形象，便呈現了相思的力度與全然占有的絕對姿態。

第三十五節把被相思所折磨的自己比喻為燃燒的紅燭，再將足以止息燃燒的力量分為兩種：其一是被阻於門外的風，指現實；其二則是愛人的手，此為真正可療治相思的解藥。詩人並以兩種形象呈現愛人之手的內涵：其一，為阻止我生命耗盡，剪去相思之苦的手。一則為護持我愛戀之情的手。

第三十六節前四句寫婚禮到洞房行禮如儀的過程，是稀鬆平常與人無異的部分，但詩人卻從在新娘耳邊問的那句「認得我嗎？」點出了兩人先已相識的情意，因此這就大大不同於媒妁之言的那種沒有情感基礎的婚姻，而值得別人稱羨了。

第三十七節，詩人以反詰的語氣，一開始便質疑有可以與自己新婚妻子之溫柔相較的東西，然後通過香爐爐面喜字的馨香，凸顯了「香」與「喜」這令人迷醉炫目的溫柔。

第三十八節寫情愛的纏綿深摯，詩人不說想到對方的夢裡，卻用給臉頰上睡痕的吻，表現了那種不願有絲毫相離的強烈慾念。

第三十九節寫對愛人的美的獨占性與獨特性。詩人以畫為喻，把愛人的美視為自己愛的創造，因此這種美只有自己能見能解，且因著自己愛的不凡，這美也就飄飄欲仙有著非凡的神采。

第四十節藉雷電風暴寫彼此情愛的濃烈。詩人巧妙地將雷電風暴從外在而來的強烈自然力量，雙關轉化為彼此情愛所碰撞出的火花，並從而將這使人盲目的炫麗光芒凌駕於世界各種可怖的力量之上，這就指出了有愛便無所懼、我們的愛是唯一真正存在的世界。

第四十一節呼應詩題的紅豆，用酸甜苦辣各種滋味寫紅豆也寫相思，並且將酸甜苦辣的心境藉由將辣送給禮教、將苦自己吞、將酸用以止渴、將甜分送鄰人，把相思那種人前歡笑、人後痛苦自嚐的壓抑鮮活地表現出來。

第四十二節把前述所有關於相思和愛情的描寫，作為獻禮，這就為全詩找到了一個對象、一個源頭，從而統合了各節看似不相關聯的描寫。

詩人對相思和情感的描述，除了運用大量的譬喻之外，尤其可貴的是掌握了看似相反卻又相合的各種形象，使相思的矛盾心緒得以鮮活地表現出來。四十二首詩的排列大致上是由相思之狀而相愛之阻而相思之由。從第二十五首開始點出愛情所遭致的現實阻礙到第三十一首直接針對禮教大加批判，將原先只以相思為紅豆內涵的主題，擴大甚至轉移到對缺乏情感基礎的婚姻的批判。我們可以說，聞一多個人在愛情和婚姻上所遭遇的問題和思考（參見〈我是一個流囚〉）在這首詩中有了比較完整的呈現，雖然對媒妁婚姻的批判略離相思的主題，但是若從詩歌本身的藝術特點來說，這首長詩中各節對詩歌意象的營造，還是相當成功地切合了相思與愛情的豐富內涵。

大鼓師

我掛上一面豹皮的大鼓，
　我敲著它遊遍了一個世界，
我唱過了形形色色的歌兒，
　我也聽飽了喝不完的彩。

一角斜陽倒掛在檐下，
我躡著芒鞋，踏入了家村。
「咱們自己的那只歌兒呢？」
她趕上前來，一陣的高興。

我會唱英雄，我會唱豪傑，
　那倩女❶情郎的歌，我也唱，
若要問到咱們自己的歌，
　天知道，我真說不出的心慌！

我卻吞下了悲哀，叫她一聲，
「快拿我的三弦來，快呀快！
這只破鼓也忒嫌鬧了，我要
　那弦子彈出我的歌兒來。」

我先彈著一群白鴿在霜林裡，
　珊瑚爪兒踩著黃葉一堆；
然後你聽那秋蟲在石縫裡叫，
　忽然又變了冷雨灑著柴扉❷。

灑不盡的雨，流不完的淚，……
　我叫聲「娘子！」把弦子丟了，
「今天我們拿什麼作歌來唱？
　歌兒早已化作淚兒流了！」

怎麼？怎麼你也抬不起頭來？
　啊！這怎麼辦，怎麼辦！……
來！你來！我兜出來的悲哀，
　得讓我自己來吻它乾。

只讓我這樣呆望著你，娘子，
　像窗外的寒蕉望著月亮，
讓我只在靜默中讚美你，
　可是總想不出什麼歌來唱。

縱然是刀斧削出的連理枝，
　你瞧，這姿勢一點也沒有扭。
我可憐的人，你莫疑我，
　我原也不怪那揮刀的手。

你不要多心，我也不要問，
　山泉到了井底，還往哪裡流？
我知道你永遠起不了波瀾，
　我要你永遠給我潤著歌喉。

假如最末的希望否認了孤舟，
　假如你拒絕了我，我的船塢！
我戰著風濤，日暮歸來，
　誰是我的家，誰是我的歸宿？

但是，娘子啊！在你的尊前，
許我大鼓三弦都不要用；
我們委實沒有歌好唱，我們
既不是兒女，又不是英雄！

注釋

❶倩女　美女。
❷柴扉　柴門，指貧窮者的居處。

賞析

本詩最初發表於一九二五年三月二十五日之《晨報副刊・文學旬刊》，後收入一九二八年出版的詩集《死水》時，文字有很大的改動，此處所錄乃依改動後的版本。

大鼓師是指京韻大鼓之類從章回小說或地方異聞中採擷故事，將之編寫入歌曲於大街小巷傳唱為生的流浪藝人。這首詩既然是以大鼓師為題，詩人一開始便點出了大鼓師如何以手中的「鼓板」，為人唱出熱鬧的人生故事，並從而獲得了無數掌聲喝采的職業成就。然而這經由他轉述編造的看似多采多姿的人生故事和由此而得的掌聲，卻並不是大鼓師自己的生活面貌，於是，當大鼓師卸下取悅人的職業身分回到家時，妻子對他那些「你終日為人唱歌，唱別人的歌，那麼何時唱一唱屬於我們自己的歌呢？」的探問，便使全詩由「談人」轉向了「說己」。此時，大鼓師才發現自己從來不曾真正為自己唱過寫過歌，換言之，自己從不曾真正面對自己的生活、作一首為自己而唱的人生之歌。在這裡，「三弦」這種與「鼓板」活潑熱鬧節奏相對的如泣如訴的聲音，便暗喻了大鼓師生活真相的孤獨與淒涼。所以詩人進而以這三弦怎麼彈都離不了霜林裡的白鴿那般的淒寒形象，揭示大鼓師那看似多彩光榮的走唱生涯，其實只是用自己孤獨悲傷的流離生活去為人創造出來的。

全詩到此，詩人筆鋒又一轉，當大鼓師收起自己的淚對著妻子說：這無話可說的殘酷生活和折磨，固然就是我們那唱不出口的歌，但是也就是因為風雨摧折，才為我們夫妻倆帶來緊密相連、禍福與共的命運和深厚的情感，而這正是我人生的歸屬、是我面對生活磨難時的勇氣和依靠。因此，我們無須因為沒有屬於自己多彩多姿悅耳的歌而傷心，雖然我們沒有那令人稱羨的——如小兒女那般理想的情愛，也不是有著豐功偉業的蓋世英雄，但作為平凡夫妻的我們，卻在悲苦的生活裡找到了相互扶持的珍貴情感。

詩人一方面以「豹皮大鼓」華麗熱鬧的形象與單調哀婉的「三弦」對比，用以呈現大鼓師帶給別人歡樂希望的表象與自己真正生活的愁苦，然後再用「霜林裡的白鴿」、「珊瑚爪踩著黃葉」和「秋蟲在石縫裡的悲鳴」這些形象描寫來點出心裡的淒寒與孤獨。於是全詩便從大鼓師這求之於外的榮華快樂，見出貧賤夫妻情感的可貴。詩人以流動不羈的「山泉」終要回歸平靜溫潤的「井底」，既譬喻了夫對妻的依賴和歸屬，也指出繁華世界的流浪爭逐終究不如平凡樸實家人的情感可貴。是以當詩末特別強調自己並非兒女與英雄時，固然呈現了對平凡小人物艱困生活的慨嘆，但同時也歌頌了只有在嚴峻的生活磨練裡，才能擁有真正不會變質的忠貞情感，詩中「姿勢一點也沒有扭」及「刀斧削出的連理枝」正是這種情感的鮮明形象。

也許

——葬歌

也許你真是哭得太累，
也許，也許你要睡一睡，
那麼叫夜鷹不要咳嗽，
蛙不要號，蝙蝠不要飛。

不許陽光撥你的眼簾，
不許清風刷上你的眉，
無論誰都不能驚醒你，
撐一傘松蔭庇護你睡，

也許你聽這蚯蚓翻泥，
聽這小草的根鬚吸水，
也許你聽著這般音樂，
比那咒罵的人聲更美；

那麼你先把眼皮閉緊，
我就讓你睡，我讓你睡，
我把黃土輕輕蓋著你，
我叫紙錢兒緩緩的飛。

賞析

本詩最初發表於一九二五年三月二十七日《清華週刊・文藝增刊》，原題為〈薤露詞（為一個苦命的夭折少女而作）〉，後收錄於一九二八年出版的詩集《死水》，改題為〈也許〉。

在樂府詩題中「薤露」本是清商曲辭中漢代僅存的相和歌辭，本就作為喪歌。聞一多將主詩題改為「也許」，意在以「不確定」來強調詩人不願面對死者已死的感傷情緒。全詩整齊的句式和每四句一段的四個整段，體現了葬歌的「歌」的旋律與節奏。

在詩意部分，詩人則從死亡擬同於沉睡的狀態切入，一方面見出詩人對死者已死之事的不願面對，另一方面也由死亡這種絕對的沉睡來開展其後對生死世界的對比。詩人故意不直接描述人死後對世界的毫無感應，反而以命令的口吻「不許」任何聲音和光線打擾來描寫死亡的靜止與安寧。然後又通過死者在地底聆聽到的自然世界的各種悅耳的音響，控訴死者活著時所遭受人類世界加諸在其身上的種種冷酷惡毒的咒罵。這麼一來，死亡便因感知的持續而得以另一種如生的型態存在著，於是死亡對死者而言就不但不是一種苦難，反而是一種平和美麗生活的開端。由此，詩人才能將絕望的痛惜與哀傷轉化為積極的細心呵護，所謂用黃土「輕輕」覆蓋、讓紙錢「慢慢」飛的這小心謹慎的形象，便是藉著「葬」的舉措再一次凸顯詩人希望死者永享平靜安寧的慈愛與不捨。

忘掉她

忘掉她，像一朵忘掉的花，——
　那朝霞在花瓣上，
　那花心的一縷香——
忘掉她，像一朵忘掉的花！

忘掉她，像一朵忘掉的花！
　像春風裡一齣夢，
　像夢裡的一聲鐘，
忘掉她，像一朵忘掉的花！

忘掉她，像一朵忘掉的花！
　聽蟋蟀唱得多好，
　看墓草長得多高；
忘掉她，像一朵忘掉的花！

忘掉她，像一朵忘掉的花！
　她已經忘記了你，
　她什麼都記不起；
忘掉她，像一朵忘掉的花！

忘掉她，像一朵忘掉的花！
　年華那朋友真好，
　他明天就教你老；
忘掉她，像一朵忘掉的花！

忘掉她，像一朵忘掉的花！
如果是有人要問，
就說沒有那個人；
忘掉她，像一朵忘掉的花！

忘掉她，像一朵忘掉的花！
像春風裡一齣夢，
像夢裡的一聲鐘，
忘掉她，像一朵忘掉的花！

賞析

本詩收錄於一九二八年出版的詩集《死水》。

這是一首在格律和句式上非常整齊且複沓的詩，聞一多不但在詩中以相同的句式和句數來呈現節奏上回還往復的效果，還通過語詞的大量重複，凸顯想「忘掉她」

的決心，同時也指出了「忘掉她」的「不可能」。

詩一開始，詩人便將「她」比喻為「忘掉的花」，這個比喻立刻把「想忘掉」的矛盾給指出來了。因為「她」既然已經是一朵「被忘掉的花」，不再被記憶，那為何還會「記得」她是一朵被忘掉的花呢？可見詩人根本就未曾真正忘掉。於是這就開展了其後想忘而不能忘的描寫。

首先，他用被朝露濕潤的花瓣、花心透出的香味這種清透迷人的影像和嗅覺，寫出對她形影的依戀，再用春風裡的夢和夢裡的鐘聲這種模糊難辨、隱隱約約的聲形，描寫記憶裡對她的感覺。全詩到此，詩人都在藉由對她部分的、無法捉摸的氣味、形貌記憶，來刻畫自己對她揮之不去的縈懷情愫。但既然詩人希望忘掉她以擺脫記憶的折磨，所以就必須以積極的方式來說服自己拋除對她的種種依戀。於是他轉而求助於墓草和蟋蟀這兩種具有死亡和時間意象的事物，來期許自己在時間的壓力下，能以新生活的開展作為忘掉她的動力。然後又試圖藉由報復的心態，以自己被她遺忘來強化自己忘記她的正當性和必要性。接著又用光陰易逝、青春不再來恫嚇自己，要自己不再為她蹉跎。最後甚至運用自欺，假裝自己從未與她相識來忘掉她。然而這種種說服自己忘掉她的方式，其實更強調了自己不願也無法忘掉她的心境。全詩雖無一字用情感與思念，卻處處見出情感的深刻與思念的無法克制。詩末再一次重複「她」那如春風中之夢、如夢中之鐘聲的形象，可以說是詩人對她形象感覺的總體表徵，它描述了這樣一個雖不是可以眼見耳聞，卻可以在心裡夢中無所不在的縹緲身影。

值得注意的是，詩人始終不以具體的形象來描述「她」，無論是「夢」、「鐘聲」還是「花香」、「朝露上的花瓣」，都旨在掌握她在詩人心中那朦朧溫柔和美的神韻，這就使她變成了一個即便消滅了形體也無法去除的感覺和記憶。不僅強化了忘掉她的難度，也寫出了詩人對她情感的深刻。

淚雨

他在那生命的陽春時節，
曾流著號飢號寒的眼淚；
那原是舒生解凍的春霖，
卻也兆徵了生命的哀悲。

他少年的淚是連綿的陰雨，
暗中澆熟了酸苦的黃梅；
如今黑雲密布，雷電交加，
他的淚像夏雨一般的滂沛。

中途的悵惘，老大的蹉跎，
他知道中年的苦淚更多，
中年的淚定似秋雨淅瀝，
梧桐葉上敲著永夜的悲歌。

誰說生命的殘冬沒有眼淚？
老年的淚是悲哀的總和；
他還有一掬結晶的老淚，
要開作漫天愁人的花朵。

賞析

本詩收錄於一九二八年出版的詩集《死水》。

乍從詩題來看，會以為此詩是要描述對某件事的感懷。但若是從全詩句式整齊並以四季分段的關係來看，就會發現這是一首把人生道途比喻為淚雨之路的詩。

詩人用春夏秋冬四季之雨的不同特點來寫人在初生、少年、中年與老年不同的悲傷：在生命剛開始的陽春階段，尚未經歷人世的生命便已經意識到要為飢與寒而哭號。到了少年時期，尚未能對世路的坎坷、人情的澆薄習以為常，是以滿腹酸苦，就只能化為滂沱的夏雨。中年時深感青春不再，對過往努力奔赴的目標感到懷疑，卻又無法重新來過，苦淚就如秋雨淅瀝，看似不如夏雨的強烈，卻點點滴滴連綿不絕，冷透人心。晚年看來似乎已經成敗有定、了然世情，但其實這時的淚才是悲哀的總和，不再流出眼淚並非豁達，而是淚已結晶於心，這冷硬殘破的心正如冬景，漫天蓋地而來的盡是絕望與無盡的哀愁。

詩人在第一段用陽春與飢寒的對比，指出了生命一開始便命定要承受求生的哀苦，因此那為萬物生命帶來希望與溫暖的春雨，卻也預示了人生本是悲哀的道路。第二段開始，詩人便從季節與人生境遇的共通之處著眼，用「黑雲」、「雷電」的強度和密度，譬喻少年時豐沛的情感、希望在崎嶇世路上的顛仆。以「梧桐」、「永夜」的孤獨和絕望，擬寫了中年對世情寒涼的悲苦。最後則先用「花朵」比「殘冬」，把老年看似平靜入定的姿態點出，然後又藉著雲朵本身飄忽不定、聚散無常的空幻，呼應了老年對人生終究不過是一場空的領悟與不得不接受宿命的悲哀。無雨的殘冬與結晶的淚，鮮活地寫出了凋敗老朽生命的無能為力，這無法嚎啕流淚的悲哀，才是悲哀與痛苦的極致。

死水

這是一溝絕望的死水，
清風吹不起半點漪淪。
不如多扔些破銅爛鐵，
爽性潑你的剩菜殘羹。

也許銅的要綠成翡翠，
鐵罐上鏽出幾瓣桃花；
再讓油膩織一層羅綺，
黴菌給他蒸出些雲霞。

讓死水酵成一溝綠酒，
飄滿了珍珠似的白沫；
小珠們笑聲變成大珠，
又被偷酒的花蚊咬破。

那麼一溝絕望的死水，
也就誇得上幾分鮮明。
如果青蛙耐不住寂寞，
又算死水叫出了歌聲。

這是一溝絕望的死水，
這裡斷不是美的所在，
不如讓給醜惡來開墾，
看他造出個什麼世界。

賞　析

本詩最初發表於一九二六年四月十五日《晨報副刊‧詩鐫》，後收錄於一九二八年出版的詩集《死水》。

這首詩仍然運用了整齊的句式和段落來達到格律美的效果。詩的破題便以「絕望」來寫死水，這就確立了死水的內涵不是指水無流動的面貌，而是說它在生機上的斷絕以及復活的絕望。面對這樣一灘已經沒有任何希望的死水，詩人便從徹底的腐敗來強化死水的本質真相，因此，他先用破銅爛鐵和剩菜殘羹去餵養它，為死絕的死水增添了看似生機的花樣。然後在第二段和第三段，用極端對比的組合，一方面描寫為死水增色的銅綠、鐵鏽、油光和黴斑是如何可怖醜陋，來凸顯生機的絕無可能；另一方面則藉那些被破銅爛鐵招來的汙物蚊蠅，側寫了腐敗無法引來光明希望的事實。於是這經由各種醜陋腐敗之物妝點的死水，再加上一旁青蛙叫聲的助興，倒變得好像熱鬧非凡、生氣勃勃了。但是，這些由死水滋養的東西，既是絕望與腐敗的產物，就絕不可能帶來真正的希望和美好。詩人最後說：死水既然是一個絕望醜陋的所在，那就將它完全讓給醜惡來開墾，不必努力救活它，免得反而玷汙了清風與希望的力量。

從全詩以「絕望」和「清風吹不動」來描寫死水，就可以清楚地見出死水其實是對黑暗汙穢社會的隱喻。這個不再有希望和光明正義的地方，只能接受更汙穢事物的參與而徹底腐敗，雖然腐敗看似更動了死水的面貌、增添了它的變化，但實際上這些惡臭腐敗的膿包，除了招來吸血的蚊子和一些不甘寂寞的青蛙助興外，終究無法掩飾它已是死水的事實。詩人固然以鄙視棄絕的方式來批判當時社會的黑暗勢力與人心，卻不是真的打算將世界讓給醜惡去開墾，這可以從詩末「看他造出個什麼世界」一語的輕蔑與憤怒，領會到詩人憂國的急切以及亟欲救之而不可的焦慮。

我要回來

我要回來，
乘你的拳頭像蘭花未放，
乘你的柔髮和柔絲一樣，
乘你的眼睛裡燃著靈光，
我要回來。

我沒回來，
乘你的腳步像風中蕩槳，
乘你的心靈像痴蠅打窗，
乘你笑聲裡有銀的鈴鐺，

我沒回來。

我該回來，
乘你的眼睛裡一陣昏迷，
乘一口陰風把殘燈吹熄，
乘一隻冷手來掇走了你，
我該回來。

我回來了，
乘流螢打著燈籠照著你，
乘你的耳邊悲啼著莎雞❶，
乘你睡著了，含一口沙泥，
我回來了。

注釋

❶莎雞　野禽。

賞析

本詩收錄於一九二八年出版的詩集《死水》。

這首詩雖然一樣運用了許多重複的語詞和四段相同的句式，且在格律的複沓下強調了詩歌所描述情感的縈繞回還。但在這重複的語詞中，有兩個部分是特別值得注意的：首先是四段裡分別作為領句的「我要回來」、「我沒回來」、「我該回來」和「我回來了」的隱喻關係，其次，是每句開頭的「乘你」這個詞。

詩人在第一段與第二段中就已經把想回來和沒回來的結果指出來了，因此第三段和第四段的應該回來和回來，就不是與第一、二段所說的回來在相同的型態上。如果我們進一步追究詩中的每一個「乘你」，就會發現詩人所說的「乘你」並不是「藉著你」的意思，而是「趁你」的意思，於是在「我要回來」這一段中趁你有著「蘭花般的拳頭未放」、「柔髮仍如柔絲般光滑」、「眼睛還閃著靈光」這三個分別代表了

「忍耐」、「青春」、「希望」的形象裡，便見出了「我」對「你」那般勤迫切的想望。然而在第二段的「我沒回來」裡，雖然同樣捕捉了想趁你「腳步像風中蕩槳」、「心靈像痴蠅打窗」、「笑聲裡有銀的鈴鐺」這還有「輕盈」、「癡心」和「笑語」的形象時回來，但這對你青春愉快的想望，卻因為我終究沒有回來，而顯得更為悵惘。於是當第三段，以「我」只能趁著你「昏迷的眼睛」在「無燈的黑暗」中，攫住你的「一隻冷手」，這種種冷黑的意象和氣氛來寫你時，除了與之前你青春美麗的形象對比之外，同時揭示了你已經死亡的事實。於是，在你死後還想望著應該回去看你的我，就只剩無盡的追悔與不甘了。最後詩人通過從回來的「我」所見你「墳上微弱的流螢飛舞」、所聞「四周悲鳴的莎雞」，想到已經永睡且「口中含沙」無法言語的你，不但再一次把青春時的美麗作了強調，也側寫了我「無言以對」的無限哀痛與懊悔。

詩人以口口聲聲的「乘你」表達了我「想」回到你身邊的渴望，但是面對這不堪的人世，即使有如你一般華美的容顏、堅定的意志與無瑕的痴心，終究無法對抗世路上種種使我無法回來的阻礙和誘惑。因此，你這由生至死的等待，便更凸顯了「我」在坎坷人生道途上的無可奈何，同時也強調了對自己竟不能捨棄一切及時回來的悔恨。

天安門❶

好傢伙！今日可嚇壞了我！
兩條腿到這會兒還哆唆。
瞧著，瞧著，都要追上來了，
要不，我為什麼要那麼跑？
先生，讓我喘口氣，那東西，
你沒有瞧見那黑漆漆的，
沒腦袋的，蹶腳的，多可怕，
還搖晃著白旗兒說著話……
這年頭真沒法辦，你問誰？
真是人都辦不了，別說鬼。

還開會啦，還不老實點兒！
你瞧，都是誰家的小孩兒，
不才十來歲兒嗎？幹嗎的？
腦袋瓜上不是使槍軋的？
先生，聽說昨日又死了人，
管包死的又是傻學生們。
這年頭兒也真有那怪事，
那學生們有的喝，有的吃，——
咱二叔頭年死在楊柳青，
那是餓的沒法兒去當兵，——
誰拿老命白白的送閻王！
咱一輩子沒撒過謊，我想
剛灌上倆子兒油，一整勺，
怎麼走著走著瞧不見道。
怨不得小秃子嚇掉了魂，

勸人黑夜裡別走天安門。
得！就算咱拉車的活倒霉，
趕明日北京滿城都是鬼！

注釋

❶天安門　一九二六年三月十八日，北京學生和群眾為抗議日俄兩國出兵中國東北三省，而在北京天安門集會。當時執政的軍閥段祺瑞以武力鎮壓射殺集會群眾，即所謂「三一八慘案」。

賞析

本詩最初發表於一九二六年三月二十七日《晨報副刊》。後收入一九二八年出版的詩集《死水》。

這首詩從詩題即可見出是針對三一八慘案而作，詩人藉由一個賣油小販之口，描寫了當日示威抗議學生遭到射殺的慘狀。對於詩裡這個只顧營生的小販，詩人一方面刻意用他的眼睛來看屠殺後屍體殘缺的天安門慘狀，另一方面則經由小販對國仇家恨的無知與自保心態，對比凸顯了犧牲者愛國的情操和屠殺者的可恨。

全詩以不分段的方式一氣呵成，這使得小販口述的事實和感受在「黑」的氣氛籠罩下得以和情緒一體呈現。尤其是對小販口語的精確掌握，使得本詩的語言更為鮮活且切合小販那種倖免的心態和短視的眼光。

從寫作手法來看，這首詩有三個與詩意特別相關之處：其一，是在屍橫遍野的慘狀上，詩人用「沒腦袋的」、「蹶腳的」這種不全面的斷體點染，拼合出肢體四散斷裂的慘狀。其次，是由小販對生命的珍視來對比出學生不畏死的生命價值。其三，則通過小販的見不到前路，一方面暗喻即使是只管自己營生從不惹事的無知老百姓，也無法在這樣的時代裡找到出路。另一方面則藉由「趕明日北京滿城都是鬼」，既指出天安門被屠殺的人數之眾，同時也雙關地暗示這些為國而死的鬼並不可怕，那些荼毒人民的侵略者和統治者才是真正無處不在、可怖的鬼。

洗衣歌

洗衣是美國華僑最普遍的職業。因此留學生常常被人問道「你的爸爸是洗衣裳的嗎？」許多人忍受不了這侮辱。然而洗衣的職業確乎含著一點神祕的意義。至少我曾經這樣的想過。作洗衣歌。

（一件，兩件，三件，）
洗衣要洗乾淨！
（四件，五件，六件，）
熨衣要熨得平！

我洗得淨悲哀的濕手帕，

我洗得白罪惡的黑汗衣，
貪心的油膩和慾火的灰，……
你們家裡一切的髒東西，
　交給我洗，交給我洗。

銅是那樣臭，血是那樣腥，
髒了的東西你不能不洗，
洗過了的東西還是得髒，
你忍耐的人們理它不理？
　替他們洗！理他們洗！
你說洗衣的買賣太下賤，
肯下賤的只有唐人不成？
你們的牧師他告訴我說：
耶穌的爸爸做木匠出身，
　你信不信？你信不信？

胰子❶白水耍不出花頭來，
洗衣裳原比不上造兵艦。
我也說這有什麼大出息——
流一身血汗洗別人的汗？
　你們肯幹？你們肯幹？

年去年來一滴思鄉的淚，
半夜三更一盞洗衣的燈……
下賤不下賤你們不要管，
看那裡不乾淨那裡不平，
　問支那人，問支那人。

我洗得淨悲哀的濕手帕，
我洗得白罪惡的黑汗衣，
貪心的油膩和慾火的灰，

你們家裡一切的髒東西，
交給我洗，交給我洗。
（一件，兩件，三件，）
洗衣要洗乾淨！
（四件，五件，六件，）
熨衣要熨得平！

注釋

❶胰子　北方人稱肥皂為胰子。

賞析

本詩最初發表於一九二五年七月十一日的《現代評論》，原題為〈洗衣曲〉，後收錄於一九二八年出版的詩集《死水》時，文字作了很大的改動，並改題為〈洗衣歌〉。

這首詩是聞一多留學美國時所作。一九二四年時聞一多就曾經為了學校週報裡一個美國學生發表的詩"The Sphinx"把中國人比喻為人面獅身的怪物，而與梁實秋各寫了一首名為〈另一個支那人的回答〉和〈一個支那人的回答〉英文詩，回擊當時美國社會對華人的種族歧視。因此，在〈洗衣歌〉這首詩詩前，作者明白說明了寫作動機是針對洗衣這個多半由華人從事的工作，在美國社會所遭受到的歧視而作。詩人從「洗衣」這個滌汙返潔的工作性質切入，對種族歧視者給予了強烈的嘲諷。

在詩的開頭與結尾，詩人刻意安排了：「(一件，兩件，三件，)洗衣要洗乾淨！(四件，五件，六件，)熨衣要熨得平！」一方面呈現洗衣者辛勤負責的認真態度，另一方面也指出洗衣工作對去汙不厭其煩的徹底要求。第二段開始，詩人把洗衣的內涵從衣物上的污穢擴及於人生中的各種汙痕，它包括悲哀的淚水、罪惡的汙點、貪心、慾望、金錢、血漬。這些由人與人的各種爭奪壓迫而留下的汙穢，盡責的洗衣人都不分貴賤的加以洗淨，於是，一個洗衣的人便是一個最能公平對待所有人的一個真正潔淨世界的守護者。所以在第三段裡，詩人進一步以反詰的口吻，引用耶穌出身木匠之家卻並不影響其心靈的神聖與偉大為比喻，將華人的洗衣工作與上帝滅罪的職責類同起來，並逆反了以階級定位人品的社會價值。

既然華人從事的洗衣工作是對神聖、高潔、和平等精神的實踐，那麼那些以武器區分階級並侵略壓迫別人的種族，相對而言就是低劣罪惡的。因此在第四段裡，詩人將美國人造武器去殺人來和中國人洗衣為人造福這兩種形象對照，強烈地批判了美國人所引以為傲的能力，其實只不過是無人格的侵略和屠殺而已。

最後，當詩人用「年去年來一滴思鄉的淚」和「半夜三更一盞洗衣的燈」來總結華人艱苦奮鬥的形象時，「下賤不下賤你們不要管」、「看那裡不乾淨那裡不平」都要「問支那人」，就更凸顯了華人雖身處貧賤卻擁有寬大正義的高尚情操。

這首詩從洗衣在社會評價和道德評價上的對比，逆反了美國人鄙視華人職業與種族的正當性與合理性，甚且通過洗衣對汙穢的清除，直指種族歧視的不公不義才是人類社會最大的汙點。因此，一個洗衣的華人就不但不是卑賤的，他對世人一體無別又掃除罪惡的品格與能力，更超越了只憑藉武力殘害他人卻地處優越自以為是的種族。

聞一多先生的書桌

忽然一切的靜物都講話了，
　忽然間書桌上怨聲騰沸：
墨盒呻吟道「我渴得要死！」
　字典喊雨水漬濕了他的背；

信箋忙叫道彎痛了他的腰；
　鋼筆說煙灰閉塞了他的嘴，
毛筆講火柴燒禿了他的鬚，
　鉛筆抱怨牙刷壓了他的腿；

香爐咕嘍著「這些野蠻的書
　早晚定規要把你擠倒了！」
大鋼表嘆息快睡鏽了骨頭；
「風來了！風來了！」稿紙都叫了；

筆洗說他分明是盛水的，
　怎麼吃得慣臭辣的雪茄灰；
桌子怨一年洗不上兩回澡，
　墨水壺說「我兩天給你洗一回。」

「什麼主人？誰是我們的主人？」
　一切的靜物都同聲罵道，
「生活若果是這般的狼狽，
　倒還不如沒有生活的好！」

主人咬著煙斗迷迷的笑，
「一切的眾生應該各安其位。
我何曾有意的糟蹋你們，
秩序不在我的能力之內。」

賞析

本詩最初發表於一九二五年九月十九日《現代評論》，後收錄於一九二八年出版的詩集《死水》。

這首詩題名為「聞一多先生的書桌」，表面上要寫的是聞一多的書桌，但實際上是通過與聞一多靈性工作密切相關的書桌，來呈現詩人的性情。

詩從書桌上各式物品的抱怨寫起：墨盒無水、字典反而浸濕了背、信紙當平卻折、鋼筆無法寫、毛筆的毛殘缺、鉛筆和牙刷相疊、香爐和書比鄰，窗戶不關任風亂吹、筆洗當煙灰缸用、桌上都是灰塵。這些抱怨看似隨手拈來，但其中卻包含了物不歸其位、物不當其用、以及物不有其貌這三方面的混亂。無怪乎到了第五段，詩人要假借這些物品對「主人」的質疑，引出「一切的眾生應該各安其位」但「秩序不在我的能力之內」的結論。

事實上，當物品紛紛質疑「主人」掌控秩序的能力時，這首詩的主人就不僅是掌管一方書桌的聞一多，他還暗喻了宇宙的造物者。意在指出世界雖予萬物各安其位的位子，但每一個存在物都有其可以自主決定的可能，更何況還有不可預期的外力介入，如風之任意破壞秩序。因此，所謂絕對的公共秩序的維持便不是最重要的了，這也就見出了聞一多性情中瀟灑不羈的一面。詩中的書桌無疑是一個心靈宇宙，在生命自由的靈動創造以及現實不可逆料的種種干預裡展現了自己獨特的面貌與價值，其不符合世人對秩序的要求也就是理所當然的了。

詩人除了以同樣的句式來達到每段複沓的節奏效果外，這首詩在擬人化、口語化的使用上也極為生動活潑，將戲謔與疏狂作了絕佳的結合與表現。

雪

夜散下許多軟似茸毛的天花，織成一件大衫，
暗地裡將乾枯顛顇的世界，連頭帶腳地包起了；
他又加了死人一層殮衣；
他將一片魚鱗似的屋頂埋起了，
卻埋不住那屋頂上的青煙縷縷，
彷彿死人的靈魂似的，從墳土裡吐出，直向天堂邁往。

高視闊步的風霜蹂躪世界，
多虧他覆滿地面，保護百草底千鈞一髮的生機，
森林裡可憐的，抖顫的眾生，戰鬥了許多時，

望見他來都說：「這是冬投降底白旗，和平來了！」

平時最污穢的糞土，經他底一番變化，
現在也要蓄起他底充分的精力，
貢獻到青春，供他底生育底發展。

啊！自然底仁愛底結晶！
他底足跡所到，就是光明。
世界底百惡，一經他底齋戒沐浴，
都可以重見天日，再造生命！

賞析

本詩收錄於詩集《真我集》，據聞一多所說：此詩原是他在趙瑞侯先生課堂上的作文，由於聞一多刻意以白話來寫，遂被先生評為：「生本風騷中後起之秀，似不必趨赴潮流。」聞一多對先生鄙視白話詩極不贊同，故而特別將此詩收錄在自己的詩集中。可見此詩的寫作時間甚早，與聞一多後來注重詩歌格律的作品不同，正可由此見出詩人掌握詩歌意象的能力。

以「雪」為題，第一段就從雪的「冷」與「白」的雙重形象出發，「冷」如死亡的斂衣，覆蓋了冬那憔悴乾枯的死亡世界。但實際上因著雪的覆蓋，卻隔除了風霜的摧折，保有並賦予了雪下萬物一線生機所需的溫暖。「白」是光明，好比從屋頂竄出的青煙，見證了靈魂的未死並將之導向「天堂」。於是在第二段裡，詩人便先從「冷」的部分發揮，強調雪護持大地的形象，以冷凍的姿態使萬物從各式生存競爭中暫時獲得和平共存的契機。第三段則就「白」的純潔性，將雪視為一種除惡存善的力量，於是即便是最污穢的糞土，也能因此改頭換面，蓄積出新的生命。最後，詩人再一次總結了雪對於自然生命那種毀生也創生的內涵，指出：不經過與百惡對抗的生命歷練，是無法獲致光明新生契機的真理。

傷心

風兒歇了，
柳條兒舞倦了，
雀兒底嗓子叫乾了，
春底力也竭了。

肥了綠的，
瘦了紅的；
好容易穿透了花叢，
才找出一個戀春的孤客。
拉著他的枝兒，

細細地總看不足，
忽地裡把他放了，
彈得一陣殘紅紛紛……
快放下你的眼簾！
這樣慘的象如何看得？
唉！氣不完，又哭不出，
只咬著指尖兒默默地想著，——
你又何必這樣呢？

賞析

本詩收錄於詩集《真我集》。

傷心是一種抽象的情緒，詩人卻通過晚春僅剩的殘紅來寫傷心。一開始，就用「風歇」、「柳靜」、「雀啞」這三個聲嘶力竭仍難留春住的形象，點出春已逝的無奈，然後以「綠肥」、「紅瘦」寫夏的景象，並從而導出尋花者在一片綠海中，好不容易才找到一株還戀著春不肯凋謝的花朵。

緊接著詩人以細細看它總嫌不足，寫對這僅存春花的珍視，但同時卻又以突然的放手，所造成的花瓣紛落只剩空枝，突出得而復失、得失一瞬的悲慘景況。由於愛不釋手又大意失手的衝突性，尋花留春者的「傷心」就更為深刻了。

雖然詩中藉尋花花落來寫傷心，但實際上，這在季節遞嬗中殘存的獨一無二的花，呼應了詩人追索的愛情。愛情難覓，一旦覓得總是貪戀不已，卻總又在無意間失之，其令人傷心之處正在於想緊握之時卻無端放手的這種既操之於我又不完全操之於我的命運。看似簡單的方寸得失，才是心靈至深的痛點所在。

漁陽曲

白日底光芒照射著朱夢，
丹墀❶上默跪著雙雙的桐影。
宴飲的賓客坐滿了西廂，
高堂上虎踞著他們的主人，
高堂上虎踞著威嚴的主人。
　丁東，丁東，
　沉默瀰漫了堂中，
　又一個鼓手，
　在堂前奏弄，
　這鼓聲與眾不同。

丁東，丁東，
聽！你可聽得懂？
聽！你可聽得懂？

銀琖玉碟——嘗不遍蒸脯龍肝，
鸕鷀杓子瀉著美酒如泉……
杯盤的交響鬧成鏗鏘一片，
笑容堆皺在主人底滿臉——
啊，笑容堆皺了主人底滿臉。
丁東，丁東，
這鼓聲與眾不同——
它清如鶴唳，
它細似吟蛩；
這鼓聲與眾不同。
丁東，丁東，

聽！你可聽得懂？
聽！你可聽得懂？

你看這鼓手他不像是凡夫，
他儒冠儒服，定然腹有詩書；
他宜乎調度著更幽雅的音樂，
粗笨的鼓棰不是他的工具，
這雙鼓棰不是這手中的工具！
　丁東，丁東
這鼓聲與眾不同——
　像寒泉注澗，
　像雨打枯桐；
這鼓聲與眾不同。
　丁東，丁東，
聽！你可聽得懂？

聽！你可聽得懂？

你看他敲著靈鼉鼓❷，兩眼朝天，
你看他在庭前繞一道長弧線，
然後徐徐地步上了階梯，
一步一聲鼓，越打越酣然——
啊，聲聲的疊鼓，越打越酣然。
丁東，丁東，
這鼓聲與眾不同——
陡然成急切，
忽又變沉雄；
這鼓聲與眾不同。
丁東，丁東，
不同，與眾不同！
不同，與眾不同！

坎坎的鼓聲震動了屋宇：
他走上了高堂，便張目四顧，
他看見滿堂縮瑟的豬羊，
當中是一只磨牙的老虎。
他偏要撩一撩這只老虎。
　丁東，丁東，
這鼓聲與眾不同；
這不是頌德，
也不是歌功；
這鼓聲與眾不同。
　丁東，丁東，
不同，與眾不同！
不同，與眾不同！

他大步地跨向主人底席旁，

卻被一個班吏匆忙地阻擋；
「無禮的奴才！」這班吏吼道，
「你怎不穿上號衣，就往前瞎闖？
你沒穿號衣，就往這兒瞎闖？」

丁東，丁東，
這鼓聲與眾不同——
分明是咒詛，
顯然是嘲弄；
這鼓聲與眾不同。
丁東，丁東，
聽！你可聽得懂？
聽！你可聽得懂？

他領過了號衣，靠近欄杆，
次第的脫了皂帽，解了青衫，

忽地滿堂的目珠都不敢直視，
彷彿看見猛烈的光芒一般，
彷彿他身上射出金光一般。
　(丁東，丁東)
這鼓手與眾不同；
　他赤身露體，
　他聲色不動；
這鼓手與眾不同。
　(丁東，丁東)
真個與眾不同！
真個與眾不同！

滿堂是恐怖，滿堂是驚訝，
滿堂寂寞——日影在石欄杆下；
飛起了翩翩一只穿花蝶，

灑落了疏疏幾點木犀花，
庭中灑下了幾點木犀花。
　（丁東，丁東）
這鼓手與眾不同——
莫不是酗醉？
莫不是癲瘋？
這鼓手與眾不同。
　（丁東，丁東）
定當與眾不同！
定當與眾不同！

蒼黃的號褂，露出一只赤臂，
頭顱上高架著一頂銀盔，——
他如今換上了全副的裝束，
如今他才是一個知禮的奴才，

他如今才是個知禮的奴才。
　丁東，丁東，
　這鼓聲與眾不同——
　　像狂濤打岸，
　　像霹靂騰空；
　這鼓聲與眾不同。
　　丁東，丁東，
　不同，與眾不同！
　不同，與眾不同！

他在主人底席前左右徘徊，
鼓聲愈漸激昂，越加慷慨；
主人停了玉杯，住了象箸，
主人底面色早已變作死灰，
啊，主人底面色為何變作死灰？

丁東，丁東，
這鼓聲與眾不同——
　播得你膽寒，
　撾得你發聾；
這鼓聲與眾不同。
　丁東，丁東，
不同，與眾不同！
不同，與眾不同！

猖狂的鼓聲在庭中嘶吼，
主人底羞惱哽塞在咽喉，
主人將喚起威風，嘔出怒火，
誰知又一陣鼓聲撲上心頭，
把他的怒火撲滅在心頭。
　丁東，丁東，

這鼓聲與眾不同——
　像魚龍走峽，
　像兵甲交鋒；
這鼓聲與眾不同。
　丁東，丁東，
不同，與眾不同！
不同，與眾不同！

堂下的鼓聲忽地笑個不止，
堂上的主人只是坐著發痴；
洋洋的笑聲灑落在四筵，
鼓聲笑破了奸雄的膽子——
鼓聲又笑破了主人的膽子！
　（丁東，丁東）
這鼓手與眾不同——

席上的主人
一動也不動；
這鼓手與眾不同。
(丁東，丁東)
定當與眾不同！
定當與眾不同！

白日的殘輝繞過了雕楹，
丹墀上沒有了雙雙的桐影。
無聊的賓客坐滿了兩廂，
高堂上呆坐著他們的主人，
高堂上坐著喪氣的主人。
(丁東，丁東)
這鼓手與眾不同——
懲斥了國賊，

庭辱了梟雄；
這鼓手與眾不同。
（丁東，丁東）
真個與眾不同！
真個與眾不同！

注釋

❶墀　堂前的平地。
❷鼉鼓　以鼉皮蒙製之鼓。鼉似蜥蜴，皮厚硬可製鼓。音ㄊㄨㄛˊ。

賞析

本詩最初發表於一九二五年三月之《小說月報》，後收錄於詩集《集外集》。

這首長詩在用詞上不同於聞一多其他的新詩作品，而採用了很多文言的名物，這固然與全詩架構在古代的場景有關，但也因此強化了對抗掌權者的那種含而不露的無畏氣勢。

全詩從情境的推展來看可以分為四個部分：首二兩段寫權貴與賓客那種耀武揚威的倨傲姿態和奢華糜爛的生活。第二部分則寫擊著鼉鼓的鼓手形象：詩人以儒冠儒服指其文質彬彬、知書達禮，又以不用鼓槌而以雙掌擊出鼓聲的能力，暗喻鼓聲乃發自詩書經典的正義之聲。第三部分便以這愈來愈激烈酣暢的鼓聲，來震懾堂上那看似威武倨傲的華服權貴。在這裡，詩人以權貴手下的官吏為阻擋鼓手登堂，而迫其換上奴才號衣的貶抑與輕賤，逆寫了穿著奴才卑賤衣服的鼓手，不但自身的光彩不為階級身分所掩蓋，反而更因此礪發了耀眼的光芒。第四部分寫權貴賓客在鼓手逼人的光芒和鼓聲的嘲弄震懾下大驚失色、垂頭喪氣的醜態。

從詩末所指陳的「懲斥了國賊」、「庭辱了梟雄」，我們可以見出全詩意在以知識分子對國家民族的正義與責任，撻伐那些不顧國家危難，只求取自身榮華富貴和權力的亂臣賊子。這丁東丁東不斷縈繞於耳的鼓聲，正是振聾發聵的天理之聲。詩人以非武的文人形象，突顯了讀書人至高至堅無畏無懼的志節，又用不斷重複出現的鼓聲，來達到天理無所不在、使人無可遁逃的宏偉氣勢。於是這由華服珍饈妝點的烏合之眾，在義正辭嚴的鼓聲面前便現出了虎狼皮後愚蠢懦弱的真實面貌。

詩以「漁陽曲」為名，顯然是取用了安祿山自漁陽起兵的形象。意在寫真正的英雄不是由身分的貴賤而定，而是決定於與強權對抗的動機上。唯有不是為自己的富貴與權力，而是為求取國家民族的強盛和平為目標，才是真正的英雄。

雖然這是一首新詩，但詩人還是在詩中用了「肝」、「泉」、「片」、「臉」、「東」、「懂」、「同」、「天」、「線」等韻腳上的同押來強化詩歌的音樂性，再加上大量重複的丁東鼓聲，以及把鼓聲作從輕細、沉雄、嘲弄、狂醉、急險以至激烈的變化形容，使全詩讀來猶如一首鮮明流暢的歌曲，更為貼切地吻合了漁陽曲的「曲」意。此外，在詩的意象營造方面特別值得一提的是：詩人在一連串敘事的鋪陳中，刻意於遭鼓聲所震懾的權貴部分，插入了一段和事件行進無關的景物描寫。他用靜靜翩飛穿過滿堂華服的蝴蝶和庭中灑落的木樨花，既點出了當時時間停滯於一瞬的凝重肅殺氣氛，同時也以「蝴蝶」、「木犀花瓣」的淒美形象側寫了鼓手慷慨赴義的那種孤獨無畏的美麗姿態。

故鄉

先生，先生，你到底要上那裡去？
　你這樣的匆忙，你可有什麼事？
我要看還有沒有我的家鄉在；
我要走了，我要回到望天湖邊去。
我要訪問如今那裡還有沒有
白波翻在湖中心，綠波翻在秧田裡，
有沒有麻雀在水竹枝頭耍武藝。

先生，先生，世界是這樣的新奇；

你不在這裡遨遊，偏要那裡去？

我要探訪我的家鄉，我有我的心事：
我要看孵卵的秧雞可在秧林裡，
泥上可還有鴿子的腳兒印「个」字，
神山上的白雲一分鐘裡變幾次，
可還有燕兒飛到人家堂上來報喜。

先生，先生，我勸你不要回家去；
世間只有遠遊的生活是自由的。

遊子的心是風霜剝蝕的殘碑，
碑上已經漶漫了家鄉的字跡，……
哦，我要回家去，我要趕緊回家去
我要聽門外的水車終日作鼉鳴，

要再將家鄉的音樂收入心房裡。

先生，先生，你為什麼要回家去？
世上有的是榮華，有的是智慧。

你不知道故鄉有一只可愛的湖，
常年總有半邊青天浸在湖水裡。
湖岸上有兔兒在黃昏裡覓糧食，
還有見了兔兒不要追的狗子——
我要看如今還有沒有這種事。

先生，先生，我越加不能懂你了，
你到底，到底為什麼要回家去？

我要看家鄉的菱角還長幾根刺，

我要看那裡一根藕裡還有幾根絲。
我要看家鄉還認識不認識我——
我要看墳山上添了幾塊新碑石，
我家後園裡可還有開花的竹子。

賞析

本詩原刊載於一九二五年八月二十九日的《晨報副刊》，後收錄於詩集《集外集》。

詩從故鄉的安寧與離鄉的自由矛盾處起筆，詩人以一問一答的方式，將我對故鄉事物的記憶一一呈現出來，並從而對比出遊子離鄉的痛苦與失落。

詩人在詩中安排的「問」，分別是以異鄉的新奇、自由、榮華、智慧來作為誘因的，這四者都與故鄉生活的有限性相對，表面上指出了故鄉傳統、本分、樸實、知識簡陋的缺點，但是通過「答」的部分，遊子用那無處不在的情感眼光所點染的故鄉最細微的湖光山色、雀鳥鴿群、家禽野兔，遂使得故鄉因為有著自然、悠閒、和樂而抵銷了它樸實簡陋的生活形態。

然後，隨著這對故鄉事物隨口而出的美景安樂，遊子由疏而親地在最後指出了自己最關切的「家」的部分。所謂「菱角還長幾根刺」、「一根藕裡還有幾根絲」、「墳山上添了多少新碑石」和「我家後園裡可還有開花的竹子」一方面指出了故鄉作為人生命與情感的根源所在，其實是人一生永遠無法拋除的依靠與最終的歸屬。一方面也通過對故鄉人事變化和家園狀況的探問，寫出了遊子近鄉情怯，及生死聚散使相識者相忘的憂懼。

從平淡的描述裡見出真摯自然的情感，詩人不用華麗熱鬧的筆觸和繁複的譬喻形容，卻能簡易幾筆捕捉了安寧樸實的生活景致，頗具詩中有畫的自然韻致。

聞一多

【散・文・卷】

青島

海船快到膠州灣時，遠遠望見一點青，在萬頃的巨濤中浮沉；在右邊嶗山無數杜奇挺的怪峰，會使你忽然想起多少神仙的故事。進灣，先看見小青島，就是先前浮沉在巨浪中的青點，離它幾里遠就是山東半島最東的半島——青島。簇新的、整齊的樓屋，一座一座立在小小山坡上，筆直的柏油路伸展在兩行梧桐樹的中間，起伏在山岡上如一條蛇。誰信這個現成的海市蜃樓、一百年前還是個荒島？

當春天，街市上和山野間密集的樹葉，遮蔽著島上所有的住屋，向著大海碧綠的波浪，島上起伏的青梢也是一片海浪，浪下有似海底下神人所住的仙宮。但是在榆樹叢蔭，還埋著十多年前德國人堅偉的炮臺，深長的甬道裡你還可以看見那些地下室，那些被毀的大炮機，和牆壁上血塗的手跡。——歐戰時這兒剩有五百德國兵丁和日本爭奪我們的小島，德國人敗了，日本的太陽旗曾經一時招展全市，但不久又歸還了我們。在青島，有的是一片綠林下的仙宮和海水泱泱的高歌，不許人想到地下還藏著十多間可怕的暗窟，如今全毀了。

堤岸上種植無數株梧桐，那兒可以坐憩，在晚上憑欄望見海灣裡千萬只帆船的桅杆，遠近一盞盞明滅的紅綠燈飄在浮標上，那是海上的星辰。沿海岸處有許多伸長的山角，黃昏時潮水一卷一卷來，在沙灘上飛轉，濺起白浪花，又退回去，不厭倦的呼嘯。天空中海鷗逐向漁舟飛，有時間在海水中的大岩石上，聽那巨浪撞擊著岩石激起一兩丈高的水花。那兒再有伸出海面的站橋，去站著望天上的雲，海天的雲彩永遠是清澄無比的，夕陽快下山，西邊浮起幾道鮮麗耀眼的光，在別處你永遠看不見的。

過清明節以後，從長期的海霧中帶回了春色，公園裡先是迎春花和連翹，成籬的雪柳，還有好像白亮燈的玉蘭，軟風一吹來就憩了。四月中旬，奇麗的日本櫻花開得像天河，十里長的兩行櫻花，蜿蜒在山道上，你在樹下走，一舉首只見櫻花繡成的雲天。櫻花落了，地下鋪好一條花蹊。接著海棠花又點亮了，還有躑躅在山坡下的「山躑躅」，丁香，紅端木，天天在染織這一大張地氈；往山後深林裡走去，每天你會尋見一條新路，每一條小路中不知是誰創製的天地。

到夏季來，青島幾乎是天堂了。雙駕馬車載人到匯泉浴場去，男的女的中國人和十方的異客，戴了闊邊大帽，海邊沙灘上，人像小魚一般，曝露在日光下，懷抱中是薰人的鹹風。沙灘邊許多小小的木屋，屋外搭著傘篷，人全仰天躺在沙上，有的下海去游泳，踩水浪，孩子們光著身在海濱拾貝殼。街路上滿是爛醉的外國水手，一路上胡唱。

但是等秋風吹起，滿島又回復了它的沉默，少有人行走，只在霧天裡聽見一種怪木牛的叫聲，人說木牛躲在海角下，誰都不知道在那兒。

賞析

本文寫作時間未詳，由其初次發表時間推之，當在一九三六年左右。

作者起筆以從巨濤中浮出的奇挺怪峰來寫青島的第一個形象，而這個由神山與浪濤虛實交錯而成的意象營造，則是為了導引出「海市蜃樓」這個作為全文書寫青島印象的統攝。

為了呈現青島海市蜃樓的內涵，作者以四季的景觀為架構來寫青島。第二段用被綠葉蔽遮的山野和市街，虛寫春天的青島，又通過這被一片綠意掩蓋的市鎮下殘破的戰爭遺跡，實寫了人類歷史的虛妄。在這裡，市街與山野的關係被對應為歷史與自然的關係，於是當他說這綠浪下有神宮時，神宮即是人類權力慾望的表徵，是人所創造的海市蜃樓，如今只剩下千瘡百孔的殘破形貌，被自然生生不息的綠意所覆蓋。

第三段還是寫春，但是卻從青島的海景來寫。明滅的紅綠燈影、夕陽的輝光，使得在光影和浪濤聲中的青島，呈現出另一種生命的海市蜃樓形象。於是在描述了地理上與歷史上青島春天的整體意象之後，第四段作者才開始直接描述青島「春天」的景色。在這裡，作者專寫各種易凋落且輪流綻放的春花鋪成的小徑，一方面藉春花短暫易逝的美麗空幻譬喻繁華過眼的人類命運，另一方面也以這如春花般美麗的海市蜃樓，比喻了人類由歷史通往未來的虛幻道路。

五六兩段以簡筆集中凸顯青島夏季人潮聚集的海灘與秋季沉寂少人的荒涼景象的對比，再一次總結了人相對於永在自然景觀的那種海市蜃樓的存在。

從全文不斷著眼於人與自然永恆性的比較中，可以清楚地見出聞一多之所以寫青島的四季，並不只是為了呈現它四季的美景，而是藉這季節分明的景觀，得見永恆循環的自然變化裡，人類歷史的渺小與虛幻。海市蜃樓既然表徵了人類所有的理想與慾望，那麼當這些虛幻的美夢破滅而露出模糊難辨的血淚殘跡真相，人類的未來道路，不就只能是一條「不知是誰創製的天地」、以及霧天裡那頭「誰都不知道在那兒。」嗚叫的——充滿茫然與無依的道途嗎？

「五四」斷想

舊的悠悠死去，新的悠悠生出，不慌不忙，一個跟一個，——這是演化。

新的已經來到，舊的還不肯去，新的急了，把舊的擠掉，——這是革命。

擠是發展受到阻礙時必然的現象，而新的必然是發展的，能發展的必然是新的，所以青年永遠是革命的，革命永遠是青年的。

新的日日壯健著（量的增長），舊的日日衰老著（量的減耗），壯健的擠著衰老的，沒有擠不掉的。所以革命永遠是成功的。

革命成功了，新的變成舊的，又一批新的上來了。舊的停下來攔住去路，說：「我是趕過路程來的，我的血汗不能白流，我該歇下來舒服舒服。」新的說：「你的舒服就是我的痛苦，你耽誤了我的路程」，又把他擠掉，……如此，武戲接二連三的演下去，於是革命似乎永遠「尚未成功」。

讓曾經新過來的舊的，不要只珍惜自己的過去，多多體念別人的將來，自己腰酸腿痛，拖不動了，就趕緊讓。「功成身退」，不正是光榮嗎？「後生可畏，焉知來者之不如今也！」這也是古訓啊！

其實青年並非永遠是革命的，「青年永遠是革命的」這定理，只在「老年永遠是不肯讓路的」這前提下才能成立。

革命也不能永遠「尚未成功」。幾時舊的知趣了，到時就功成身退，不致阻礙了新的發展，革命便成功了。

舊的悠悠退去，新的悠悠上來，一個跟一個，不慌不忙，那天歷史走上了演化的常軌，就不再需要變態的革命了。

但目前，我們還要用「擠」來爭取「悠悠」，用革命來爭取演化。「悠悠」是目的，「擠」是達到目的的手段。

於是又想到變與亂的問題。變是悠悠的演化，亂是擠來擠去的革命。若要不亂擠，就只得悠悠的變。若是該變而不變，那只有擠得你變了。

子在川上，曰：「逝者如斯夫，不舍晝夜！」古訓也發揮了變的原理。

賞析

這篇散文原刊載於一九四五年五月西南聯大《悠悠體育會週年暨五四紀念特刊》。

民國八年五四運動雖然不是一個純粹的文學或文化運動，但是這個以政治革新為訴求的愛國運動，卻間接促成了自民國六年以來開展的新文學運動與新文化運動的成功。因此，聞一多便從五四運動這個以「新」汰「舊」為理念的運動，引申出他對新與舊關係的思考。

第一、二段先指出新舊在自然替換與不自然替換間的差別，並將之分別定義為「演化」與「革命」。然後再進一步用「新」是發展的，一方面來總結演化和革命都是以「新變」為目標的共同點，同時又將新變與革命和青年連結在一起，這就使新與舊的關係被類比連結為青年與老年的關係。由於青年的健壯必然勝於老年的衰萎，因此青年的革命就必然是成功的。

在建立了全文「新變」是必然要成功的基本命題之後，作者又以新會變成舊、以及不斷有新的新出現，來將前述新舊二分的絕對性轉化為相對性，也就是將新舊的認定從作為對事物的判斷歸屬裡解脫出來，而把它作為一種暫時樣態的指稱。換言之，新與舊並不是指有新事物與舊事物的這種區分，而是把新舊作為每一個事物都必然要經歷的狀態與過程。這麼一來，聞一多才能在第五、六兩段裡，針對「曾經是新的舊」為何不肯讓「新的新」接手的原因加以討論。

由於曾經新過的舊，對於自己的功勞念念不忘，遂占住了新的位置、阻止了新的發展。既然曾經新的也會成為不肯變的舊，那麼作為新的青年，一旦不肯接受新變也就成為舊的，於是前述「青年永遠是革命的」的論點在內涵上就有了更嚴格的限定。這並不是說他認為青年就不是革命的，而是說凡是不願意接受新的發展的，即便是青年也就不是革命的。從另一個角度來說，凡是能新變的，就算是老年也可以是革命的。

在以新舊的內涵重新定義革命與演化、青年與老年之後，作者才真正開始提出他對於革命的認知與定位。所謂「革命不能永遠『尚未成功』」，意在說明革命並不是宇宙演變的常態，它乃是肇因於不願規律演進的舊勢力抗拒自然新變規律的新發展，而不得不採行的變態手段。只要舊的肯退，新的就不用擠，那麼就可以真的能有一種在不斷自然發展變化裡存在的永恆。文末以孔子「逝者如斯夫，不舍晝夜」這以時時刻刻湧動變化著萬物的水流，再一次強調了「變」即永恆的真理。

聞一多年表

一八九九年（清光緒二十五年）　一歲

十一月二十四日未時生於湖北省蘄水縣巴河鎮望天湖畔聞家鋪。取名亦多，族名家驊，字益善，號友山。其名出於《論語．季氏》：「益者三友，友直、友諒、友多聞」。進入清華學校就讀時，改名單字「多」，五四運動後改為「一多」。

一九〇〇年（清光緒二十六年）　二歲

一九〇一年（清光緒二十七年）　三歲

一九〇二年（清光緒二十八年）　四歲

一九〇三年（清光緒二十九年）　五歲

一九〇四年（清光緒三十年）　六歲
入私塾，讀《三字經》、《爾雅》、《四書》。

一九〇五年（清光緒三十一年）　七歲
入家塾，從王梅甫學，讀國文、歷史、博物、修身等課本。是聞一多接觸新思潮的開始。

一九〇六年（清光緒三十二年）　八歲

一九〇七年（清光緒三十三年）　九歲

一九〇八年（清光緒三十四年）　十歲

一九〇九年（清宣統一年）　十一歲

開始接觸新思潮的書刊，如《東方雜誌》和《新民叢報》等。

一九一〇年（清宣統二年）　十二歲

至武昌，入兩湖師範附屬高等小學校。同時也在其叔父丹臣先生所主持的改良私塾裡補習英文、算學。

一九一一年（清宣統三年）　十三歲

一九一二年（民國一年）　十四歲

入民國公校，不久又轉到實修學校就讀。後清華學校至鄂招生，聞一多考上備取第一名。後經複試，以鄂籍應取四名的第一名考入清華學校中等科。

一九一三年（民國二年）　十五歲

因英文而留級。與瞿世英等人同學。並任所組課餘補習會刊物《課餘一覽》的編輯。同時參與獨幕劇《革命軍》之編劇，從此熱中戲劇。

一九一四年（民國三年）　十六歲

以善畫聞名清華。

發表〈名譽談〉、〈淚蕊〉、〈曹大鎬先生絕命詞〉、〈髯仙〉、〈人名妙對〉五篇於《課餘一覽》。

一九一五年（民國四年） 十七歲

暑假返鄉，在家中書屋讀書二月，故將暑假讀書筆記名為〈二月廬漫紀〉。

任《清華週刊》編輯。

一九一六年（民國五年） 十八歲

陸續發表〈二月廬漫紀〉、〈論振興國學〉、〈美國學校畢業典禮之一斑〉、〈新君子廣義〉、古詩〈擬李陵與蘇武詩三首〉、〈讀項羽本紀〉於《清華週刊》。

一九一七年（民國六年） 十九歲

入清華學校高等科就讀。

發表〈辨質〉於《清華週刊》。

一九一八年（民國七年） 二十歲

始讀姚鼐《古文辭類纂》。

參與編寫六幕劇《鴛鴦仇》。

作〈懲志詩〉、〈夜泊漢口將發遇同學王君詩〉、〈提燈會〉。

一九一九年（民國八年）　二十一歲

五四運動爆發。參與全國學生聯合會，發起返鄉募款。

作〈讀關雎章一首〉，新詩〈雨夜〉、〈月亮和人〉、〈讀沈尹默「小妹」〉。

一九二〇年（民國九年）　二十二歲

與浦薛鳳、梁思成共組藝術社團「美思斯」(The Muses)。

參與發起「清華演講記錄團」。

作新詩〈雪〉、〈朝日〉、〈雪片〉、〈率真〉、〈忠告〉、〈一個小囚犯〉、〈傷心〉、〈志願〉、〈黃昏〉、〈晚霽見月〉、〈所見〉（以上各詩均收入《真我集》）、〈西岸〉、〈印象〉、〈時間底教訓〉。

發表〈旅客式的學生〉、〈出版物的封面〉、〈黃紙條告〉於《清華週刊》，寫定〈電影是不是藝術〉。

新詩集《真我集》編於此時，收新詩十五首。

一九二一年（民國十年） 二十三歲

任《清華週刊》集稿員。

清華文學社成立，擔任詩組領袖。與時昭澤、錢宗堡、沈宗濂、吳澤霖、何浩若、羅隆基共同編輯《清華年刊》。

作新詩〈美與愛〉、〈愛的風波〉、〈夜來之客〉、〈敬告落伍的詩家〉、〈回顧〉、〈志願〉。

作〈詩的音節問題〉。

發表〈中文課堂底秩序底一斑〉、〈恢復倫理演講〉、〈公共機關底威信〉、〈痛心的話〉於《清華週刊》。

一九二二年（民國十一年） 二十四歲

一月，返浠水老家與高孝貞女士結婚。由於高孝貞女士未接受過教育，因此聞一多是以婚後讓妻子受教育為條件才接受家族安排成婚的。

七月赴美，梁實秋作〈送一多遊美〉。

八月抵芝加哥，在致梁實秋、吳景超信中抄錄新作〈火柴〉、〈玄思〉、〈我是一個流囚〉、〈太平洋舟中見一明星感賦〉四首詩。此外詩〈寄懷秋實〉寫定。作詩〈晚秋〉、〈笑〉、〈晴朝〉、〈太陽吟〉。

九月，入芝加哥美術學院就讀。作詩〈幻中之邂逅〉、〈紅燭〉、〈美與愛〉（修訂）、

〈遊戲之禍〉、〈春寒〉、〈秋深了〉、〈憶菊〉、〈秋林〉（一九二二年十二月寫作時原定詩題為〈秋林〉，收入《紅燭》時改名為〈色彩〉）。
十二月開始作〈紅豆〉五十首（後收錄於《紅燭》時改為四十二節）。
長女聞立瑛誕生。
作詩〈蜜月著「律詩底研究」稿脫賦感〉、〈進貢者〉、〈死〉、〈深夜底淚〉、〈青春〉、〈宇宙〉、〈國手〉、〈香篆〉、〈春寒〉、〈愛之神——題畫〉、〈謝罪之後〉、〈懺悔〉、〈黃鳥〉、〈藝術底忠臣〉、〈初夏一夜的印象〉、〈詩債〉、〈紅荷之魂〉。
發表〈美國化的清華〉及詩〈春之首章〉、〈春之末章〉於《清華週刊》。
作〈「冬夜」評論〉、〈女神之時代精神與地方色彩〉。

一九二三年（民國十二年）　二十五歲

九月，於留美同學會中成立「新清華學會」，並另組具政治性質的「大江學會」。月底與梁實秋同赴科羅拉多溫泉，遂轉學入此地大學，梁實秋入英語系，聞一多則為藝術系特別生。
作詩〈長城下之哀歌〉、〈園內〉，詩評〈莪默伽亞謨之絕句〉發表於《創造》季刊。
作〈泰戈爾評論〉。
詩集《紅燭》出版。

一九二四年（民國十三年）　二十六歲

三月，作詩〈聞一多先生的書桌〉。

六月，自科羅拉多大學畢業，因美術類不授予學位故未得學位。

九月，轉進紐約藝術學院。同時得識在哥倫比亞大學學戲劇的熊佛西。

作英文詩〈另一個支那人的回答〉、〈相遇已成過去〉。

一九二五年（民國十四年）　二十七歲

與余上沅、梁實秋、梁思成、林徽音、熊佛西、瞿世英等發起「中華戲劇改進社」。

五月離美，六月返國，在上海登岸。作詩〈回來了〉、〈故鄉〉、〈醒呀〉。

七月，與趙太侔、余上沅、孫伏園共擬「北京藝術學院計畫大綱」。並陸續發表詩作於《現代評論》和《晨報副刊》。

十一月，任教國立藝術專門學校。

作詩〈洗衣歌〉、〈漁陽曲〉、〈大鼓師〉、〈你看（春日寄慰在美的友人）〉、〈薤露詞（為一個苦命夭折的少女而作）〉、〈七子之歌〉，長詩〈南海之神（孫中山先生頌）〉完稿。

譯拜倫詩〈希臘之群島〉。

一九二六年（民國十五年）　二十八歲

三一八慘案發生。

四月與朋友共辦專門研究新詩的週刊《晨報・詩鐫》，並在創刊號上發表了〈文藝與愛國——紀念三月十八〉、〈欺負著了〉。

五月，次女聞立蕙出生，年底夭折。

七月，在浠水老家作詩〈夜歌〉。

九月受聘為吳淞國立政治大學教授兼訓導長。

詩〈天安門〉發表於《晨報副刊》。

後又陸續在《晨報・詩鐫》發表〈詩與歷史〉、〈比較〉、〈死水〉、〈黃昏〉（不同於一九二〇年所作的另一首同名詩）、〈春光〉、〈鳥語——送友人南歸〉、〈詩的格律〉、〈英譯的李太白〉。

一九二七年（民國十六年）　二十九歲

二月，至武昌，任國民革命軍北伐軍總政治部藝術股股長。

五月返上海，同人辦「新月書店」。

九月受聘為南京第四中山大學外國文學系系主任。長子聞立鶴出生。

發表詩〈心跳〉、〈貢獻〉、〈罪過〉、〈一個觀念〉、〈發現〉、〈收回〉、〈什麼夢〉、〈口供〉、〈你莫怨我〉、〈你指著太陽起誓〉於《時事新報・學燈》。

一九二八年（民國十七年）　三十歲

三月《新月》月刊在上海創刊，與徐志摩、饒孟侃共任編輯並大量翻譯外國詩，並與葉公超合譯近代〈英美詩選〉。

八月，任武漢大學教授兼文學院院長。

九月次子聞立雕出生。

發表詩〈答辯〉、〈回來〉於《新月》月刊。

《杜甫》傳記發表於《新月》。

第二部詩集《死水》由新月書店出版。

一九二九年（民國十八年）　三十一歲

十月，三子聞立鴻生。

論文〈莊子〉發表於《新月》。

一九三〇年（民國十九年）　三十二歲

九月，任國立青島大學教授兼文學院院長中國文學系主任。

發表〈杜少陵年譜會箋〉。

一九三一年（民國二十年）　三十三歲

徐志摩主編《詩刊》創刊於上海。

發表詩〈奇跡〉於《詩刊》。

發表〈談商籟體〉於《詩刊》。

一九三二年（民國二十一年）　三十四歲

十月，應聘為國立清華大學中國文學系教授。

十二月，三女聞名生。

一九三三年（民國二十二年）　三十五歲

〈岑嘉州繫年考證〉竟稿。

一九三四年（民國二十三年）　三十六歲

九月應胡適、梁實秋之邀到北京大學兼課。

發表〈類書與詩——唐詩雜論之一〉於天津《大公報》。

〈天問・釋天〉發表於《清華學報》。

一九三五年（民國二十四年）　三十七歲

導演話劇《隧道》於清華大學演出。

發表〈讀騷雜記〉、〈卷耳〉、〈高唐神女傳說之分析〉。

一九三六年（民國二十五年）　三十八歲

四女聞翺出生。

七月，赴河南省安陽縣看甲骨文，時聞一多正教授上古文學。

發表〈離騷解詁〉、〈高唐神女傳說之分析補記〉、〈楚辭斠補〉。

一九三七年（民國二十六年）　三十九歲

十一月，至長沙臨時大學任教。

發表〈詩經新義〉、〈釋朱〉、〈釋為釋豕〉。

一九三八年（民國二十七年）　四十歲

二月，步行入滇，五月抵蒙自，八月至貴陽，九月任教西南聯大。

一九三九年（民國二十八年）　四十一歲

發表〈西南采風錄序〉、〈璞堂雜記〉。
作〈詩與歌〉。
作〈夏商世系考〉、〈易林瓊枝〉。

一九四〇年（民國二十九年）　四十二歲
發表〈姜嫄履大人跡考〉、〈釋繇〉、〈樂府詩箋〉。

一九四一年（民國三十年）　四十三歲
發表〈道教的精神〉、〈賈島〉、〈周易義證類纂〉。

一九四二年（民國三十一年）　四十四歲
出版《楚辭校補》。
作〈伏羲考〉。

一九四三年（民國三十二年）　四十五歲
在中法大學演講「詩與批評」。
發表〈孟浩然〉、〈四傑〉、〈莊子內篇校釋〉、〈詩經通義〉、〈文學的歷史方向〉。

一九四四年（民國三十三年）　四十六歲

秋，加入中國民主同盟（此為與共產黨關係密切的抗日組織）。

發表〈復古的空氣〉、〈家族主義與民族主義〉、〈說舞〉、〈莊子外篇校釋〉、〈九歌校釋——東皇太一〉、〈詩與批評〉。

一九四五年（民國三十四年）　四十七歲

發表〈什麼是儒家——中國士大夫研究之一〉、〈「五四」斷想〉、〈人獸鬼〉。

七月，李公樸遭暗殺。

七月十五日參加完李公樸殉難報告會後，於返家途中遭暗殺。享年四十七歲。

生活文學　閱讀人生

文學，是一種文化
也可以是一種生活方式

【文學 001】文學公民　郭強生　著

這本書是作者自美返臺這些年，作為一個文學人如何在動靜之間取得平衡，在理想與實務中學習的最真實的紀錄。如果閱讀這本書也能勾起你一種欲望，想回去一個你已經離開的地方，那就是這本書在「做些甚麼」了。

【文學 004】你道別了嗎？　林黛嫚　著

你知道每一次道別都很珍貴，你無法向那些不告而別的人索一句再見，但是，你可以常常問問自己，你道別了嗎？作者在這本散文集中，除了以文字見證生活經驗之外，更企圖透過人稱轉換造成距離感，以及小說化的敘事筆調呈現散文的瀟灑文氣。

【文學 006】口袋裡的糖果樹　楊　明　著

美食和愛情有很多相通之處，從挑選材料、掌握火候到搭配，每一個步驟都必須謹慎，才能得到滿意的結果。相較於料理可以輕易分辨酸甜苦辣，愛情卻常常曖昧不明。《口袋裡的糖果樹》有如一道耐人尋味的料理，悠遊在情愛難以捉摸的國度裡，時而甜時而酸，只有認真品味過的人，才知道箇中滋味。

【傳記 001】永遠的童話——琦君傳　宇文正　著

曾寫出膾炙人口《橘子紅了》、《紅紗燈》等書的知名作家琦君，有一個曲折的人生。她的童年，宛如一部引人入勝的童話；她的求學生涯，見證了中國動盪的歲月；她的創作，刻畫了美善的人間。作家宇文正模擬琦君素淡溫厚之筆，從今日淡水溫馨的家，回溯滿溢桂花香的童年，寫出琦君戲劇性的一生。

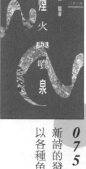

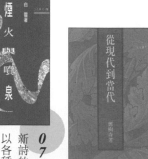

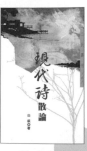

國家圖書館出版品預行編目資料

聞一多／范銘如主編;許琇禎編著.－－初版一刷.
－－臺北市：三民，2006
面；　公分.－－(二十世紀文學名家大賞／07)

ISBN 957-14-4529-0　(平裝)

848.6　　　　95007229

三民網路書店　http://www.sanmin.com.tw

主　編　范銘如
編著者　許琇禎
發行人　劉振強
著作財產權人　三民書局股份有限公司
臺北市復興北路386號
發行所　三民書局股份有限公司
地址／臺北市復興北路386號
電話／(02)25006600
郵撥／0009998-5
印刷所　三民書局股份有限公司
門市部　復北店／臺北市復興北路386號
重南店／臺北市重慶南路一段61號
初版一刷　2006年5月
編　號　S 833390
基本定價　參元肆角
行政院新聞局登記證局版臺業字第〇二〇〇號

ISBN　957-14-4529-0　(平裝)